Ⓢ新潮新書

百田尚樹
HYAKUTA Naoki

人間の業

961

新潮社

まえがき

この本は、私が週に一回メルマガで発行している「ニュースに一言」の原稿をまとめたものです。幸いなことに読者の皆様のご好評をいただき、今回で第四弾となります（過去の三冊は、『偽善者たちへ』、『バカの国』、『アホか。』です）。

今回のテーマは「人間の業《ごう》」です。

私たちが何気なく使っている「業」は、仏教やバラモン教の「カルマ」に由来する言葉で、本来は「行ない」という意味でしたが、現在は「前世の善悪の行為によって受ける報い」と捉えられ、そこから「理性によって制御することができない心の働き」という意味になっています。

つまり頭ではいけないことと理解していても、その行為を止めることができないとき、私たちはそれを「人間の業」と呼びます。わかりやすくいえば「わかっちゃいるけどやめられない」というやつです。

世の中のニュースを見ていると、犯罪のほとんどはそんな「業」によってなされたというのがわかります。いや、何もニュースなんか見なくても、自分自身の日頃の行ないを見ているだけで、それは十分わかります。毎度、言わなくてもいいことを発言し、世間の顰蹙を買って、バッシングによって痛い目に遭っているにもかかわらず、懲りずにまた繰り返す私は、まさにそうした「業」を背負っているといえます。前世でよほど良くない行ないをしたのでしょうか。

ところで、今回はそんな自分のことはさておき、世を騒がせた様々な事件を取り上げ、「人間の業」の深さを見ていこうと思います。

人間というのは何と愚かでマヌケで、そして愛らしい生き物であるかがわかります。

百田尚樹

人間の業●目次

第一章　世に阿呆の種は尽きまじ

ひったくり犯の言い分

立て続けにひったくりに及んだ女が逮捕されました。この女は二〇二一年五月、名古屋市熱田区の路上を歩いていた二十歳の看護師の女性に自転車に乗って接近し、追い越しざまに肩にかけていたショルダーバッグをひったくろうとしました。しかし、女性にそれを阻まれるとそのまま逃走し、五分後にこんどは最初の現場から百二十メートルほど離れた路上で、四十九歳の会社員の女性のショルダーバッグをすれ違いざまにひったくろうとしました。そして、これも失敗すると、さらにその五分後、今度は東に三十メートル離れた場所で五十八歳の会社員の女性のショルダーバッグを追い抜きざまにひったくろうとするのですから、もう手あたり次第という感じです。しかし、二度あることは三度あるというとおり今度もまた失敗した上に「今度こそ」と思って力を入れ過ぎたのか、勢い余って自転車ごと転倒するオマケまでついてしまいました。なんともどんくさい女で、その場からそそくさと走り去っていきましたが、その際の捨て台詞が呆れます。

「傷害で警察に訴えるぞ！」

自分で仕掛けて自分で転んで、どの口が言っているのでしょう。まるで自分が被害者のような言い草です。三件ともに被害はなくケガ人もいませんでしたが、唯一犯人の女は膝小僧をすりむいているかもしれません。まあそうだとしても自業自得で同情の余地は一切ありません。

その後、聞き込みや周囲の防犯カメラの映像などから、あっさり女は特定され逮捕に至りましたが、これほど短時間に犯行を繰り返し、そしてすべてに失敗だなんて彼女にひったくりは向いていないようです。転んだ痛さに懲りて金輪際ひったくりなんてしたくないと思えばいいのですが。

（2021/05/28）

自動車泥棒の年齢

千葉県警八千代署で、七十二歳、七十七歳と八十一歳のいずれも無職の男が窃盗未遂（自動車盗）の疑いで現行犯逮捕されたというニュースが二〇二一年六月にありました。この三人は共謀し、八千代市内の駐車場で乗用車を盗もうとしたのです。それもユニック車を持ち込み、目的のクルマをそれで吊り上げ荷台に積んで逃げようとしたのですからなんとも大掛かりなことです。

ユニック車で乗用車を吊るのですから、それ相当の音が出るのは当然です。その音を聞きつけた被害者が駐車場に駆け付けると、今まさに自分のクルマが吊られている最中でした。慌てて三人を捕まえ一一〇番通報したことで被害を免れましたが、逮捕容疑の窃盗未遂には違和感があります。今回は幸いにもクルマの持ち主が気付いたから盗まれなかったものの、一歩間違えたらクルマはどこに行ったのかわからなくなっていました。それを未遂だからと罪が軽くなるのは納得できません。ユニックで吊り上げた瞬間、もう盗んだのと同じではないでしょうか。

それにしても、人生百年とも言われる時代ですから、年齢で一括りにするのは適切でないにしても、明らかな老人がよくやるものです。

さらにこのニュースでは、驚いたことがもうひとつありました。窃盗事件の場合、記事には被害額が示されますが、今回は乗用車（一万円相当）と書かれていたのです。盗まれたのは自転車ではありません、自動車です。

私は去年、長年乗って動かなくなった乗用車をレッカーで引き取ってもらいましたが、そのときは車両代金とレッカー代が相殺され一円ももらえない代わりに一円も払わずに済みました。つまり金額にすれば数万円というところでしょう。なにしろ二十年近く前から二十万キロ以上走って車検が切れている自動車ですから、そんなものです。おそらく被害者の乗用車もかなり古いものだったのでしょう。一万円は値段をつける場合の最低価格といったところでしょうか。でも被害者の方にとってみれば、大切な愛車をわざわざ記事に「一万円」と書かれて気分はよくないでしょう。

それにしても犯人たちはよりによって、なぜこの一万円相当の車を狙ったのでしょう。

（2021/07/03）

局部の方向性について

千葉市が財政局に勤める二十九歳の男性主事を減給十分の一の懲戒処分にしたというニュースがありました。

「また、公務員の不祥事か。今度はいったい何をしでかしたんだ」と記事を読み進めていくと、そこにはなんとも不思議な理由が記されていました。なんとこの男は二〇二〇年十二月、東京都内の商業施設の男子トイレで下半身を露出し、都迷惑防止条例違反の疑いで書類送検されたというのです。

「？？？　トイレでチンチンを出して何が悪いんや？」と思いましたが、記事を読むと、チンチンを出した方向が問題だったということがわかりました。彼は便器ではなく、居合わせた男性の方を向いてチンチンを出していたのです。わかりやすく言うと、男性にチンチンを見せつけて露出行為を行なったということです。

男子トイレは女性用のそれと違って、個室ではなく便器がむき出しの中で用を足します。ですから見ようと思えば簡単に他人のチンチンを見ることができます。しかし、お互いに見ない、見せないの暗黙の了解のもとでトイレを利用しているのです。それなのに突然そんなものを見せられた男性はさぞかし驚いたことでしょう。

個室でなくて困ることは他にもあります。先日トイレに行くと後輩が用を足していました。普段から礼儀正しい放尿中のその男は私に気付くやいなや大慌てでこちらに向き直り「百田さん、こんにちは」と言って頭を下げるではありませんか。下を向いた彼は自分のものから出ている液体に気付きすぐに便器に向き直りましたが、そこらはびしょびしょです。私の後輩ですから彼も六十歳を超えています。オシッコに勢いがなかったから良かったものの、もう少し若い後輩なら私はびしょびしょになっているところでした。

みなさん、あらぬトラブルや誤解を招かないためにも、便器に向かって以外チンチンは出さないようにしましょう。

(2021/07/09)

掌返しの難易度は

七月二十三日に始まった二〇二〇東京オリンピックもあっという間に終わろうとしています（この記事は二〇二一年八月に書いたものです）。私は長年テレビ番組構成者をやってきたこともあり、競技はもちろん開会式の演出にも大いに期待していました。全世界に向けて日本の文化を紹介するまたとない機会ですから。

しかし、それはすぐに落胆に変わりました。何のメッセージ性も感じないパフォーマンスが延々と続き、挙句の果てに日本人でさえ理解不能な寸劇を見せられるのですからイライラが募る一方です。これのどこに百六十五億円もかかったのか不思議議です。

唯一の救いは、日本が世界に誇るゲーム音楽と共に楽し気に入場する各国選手団の行進と、夜空をキャンバスとした千台以上のドローンの華やかな光だけでした。いずれにせよ、あまりの退屈さに実際の四時間以上に長く感じたのは私だけではないでしょう。

それに比べて競技には連日驚嘆と感動の連続です。ちなみに、驚くべき技や想像を絶する展開になることを「ウルトラC」と表現しますが、この「ウルトラC」は一九六四年東京オリンピックの体操競技で最高難度のCを超える技に対して発せられた言葉です。それほど難度Cとは驚異的なものでしたが、現代の体操競技ではD、EどころかG難度までこなすのですから、人類の進化はいったいどこまで続くのでしょう。

陸上競技や水泳でもオリンピックの度に世界新記録が更新されます。科学的トレーニングや用具の進化がそれの後押しをしているのでしょうが、そんな中、ソフトボールのエース上野由岐子投手は十三年前の北京オリンピックのときと同じように日本チームのエースとして大活躍しました。決勝戦では先発と抑えでマウンドに上がり、見事に世界一を勝ち取りました。特筆すべきは対戦相手のアメリカチームのマウンドにも、北京と同じアボット投手が立っていたことです。これほど長きにわたって世界のトップに君臨し続けたこの二人は、超人以外のなにものでもありません。

万里の長城並みに大きな壁だった卓球王国の中国を破った日本の男女ペア。フェンシングで見事に騎士を倒した日本の武士たち。新競技のスケートボードやサーフィンでもきっちりメダルを獲得するなど、日本人選手の大活躍は枚挙にいとまがありませんが、気になったのはその後の表彰式の光景です。鳴り渡る国歌と共に自らの力で国旗を揚げる最も誇らしい場面でまさかのマスク姿です。「感染防止のため」ということだとしても、ほんの少し前までハァハァ息を吐きながらくんずほぐれつしていた柔道やレスリングまでそうするなんて滑稽以外のなにものでもありません。

そして、思わず「一本!」と叫んでしまうほどの見事な掌返しを決めたのは野党やマスコミの連中です。開幕直前まで「オリンピックやめろ!」の連呼だったのが、日本がメダルを獲得するたびに今度は「バンザイ、バンザイ」の大合唱です。彼らに節操がないのは以前からわかっていましたが、これほどまで鮮やかに決まった技は今大会一の切れ具合です。開催に反対していた番組がしれっとメダリストをスタジオに呼んで持ち上げているのですから、厚顔無恥としか言いようがありません。

今回の東京オリンピック開催に賛否があったことは事実ですが、開催を望まなかった選手はひとりもいません。そんな彼らは中止を推進するテレビをどんな気持ちで見ていたのでしょう。それがメダルを取った途端にスタジオに呼ばれ「私たちの期待に応えてくれてありがとう」なんて言われるのですから、メダリストの笑顔には嘲笑も含まれていたはずです。メダリストたちにインタビューをする前に、彼らに向かって一言、「あなたたちの活躍の場を奪うためにいろいろと妨害運動をしてすみませんでした」と謝ってほしいものでした。

(2021/08/06)

潔いわいせつ男

埼玉県警東入間署で、東京都豊島区の五十五歳の男が公然わいせつ容疑で現行犯逮捕されたというニュースが二〇二一年七月にありました。

この男は深夜二時前に埼玉県富士見市内の公園で、長袖ワイシャツに靴下、それに革靴を履いただけの下半身丸出し状態で歩き回っていたところを通報により駆け付けた警察官に捕まったのです。暑い季節だけに涼をとるため裸になることもあるでしょう。しかし、そうだとしても普通の男性が脱ぐのは上半身だけです。百歩譲って開放感を得るため、つい全裸になってしまったというならまだしも、下半身のみ脱ぐというのは単に性器を露出したかったからにほかなりません。

こんな変質行為をするのは頭がおかしいか、あるいは社会から完全にはじき出され世をはかなんだ人間かと思いきや、なんとこの男は東京・豊島区の幹部職員だったといいますから驚きです。それも今もっとも忙しく、そして注目されている新型コロナウイルスのワクチン接種担当部長という要職にある人物です。

新型コロナ感染拡大を抑える切り札として始まったワクチン接種ですが、当初の目論見が大きく外れ各地でワクチン不足を起こし、どこの役所も接種希望者から「いつになったら順番が回ってくるんだ」と問い合わせがひっきりなしといいます。そんな現場の担当者はさぞかしストレスがたまっていることでしょう。犯罪者は往々にしてその罪をストレスによるものとして酌量を求めます。

しかし、この担当部長はそうではありませんでした。調べに対し、究極のストレス職場にいるにもかかわらず「スリルを感じたかった」と一切コロナを理由にせず、自身の行為がまったく個人的趣味によるものと認めたのです。それは、ためらいもなくパンツを脱ぎ捨てたように、公務員の誇りまでかなぐり捨てる潔さでした。

ところで、この担当部長は事件の前週には区のワクチン接種状況についてのテレビ取材を受け、熱心に答えていました。二週連続でこの担当部長を取り上げることになったテレビ局も、まさか昼間は「ワクチン」担当部長だったこの男が、夜は「チンチン」担当部長だったなんて思いもよらなかったことでしょう。

(2021/08/06)

大食いチャレンジ失敗

島根県出雲市内の飲食店で無銭飲食をした二十八歳の無職の男が詐欺容疑で逮捕されたというニュースが二〇二一年八月にありました。

男は店に入りカツ丼を注文しました。しかし彼の注文したカツ丼は普通のカツ丼ではありませんでした。この店では大盛りチャレンジを実施しており、提供されたカツ丼を三十分以内に完食すると代金無料のうえ一万円までもらえるのです。男は果敢に挑戦するもののあえなくギブアップ、なぜなら出て来たカツ丼は通常の五倍もの量があり到底ふつうの人の手に負えるものではなかったからです。

挑戦に失敗した者はその代金を支払わなければなりません。店は三千円を請求しましたが、五人分も食べてその値段とは随分良心的な店です。それに対し男は「車から財布を取ってくる」と言って店を出てそのままトンズラですからとんでもない男です。

私は食べ物を無駄にするのが大嫌いです。出されたものは残さず食べることをモットーにしており、そのためついつい食べ過ぎてしまいます。家人からは「それで太って服が着られなくなったり、病気をすることの方がよっぽど無駄や」と注意されますが、性分は変えられません。ですからほとんどの人が残してしまう大盛りチャレンジにはあまり良いイメージがありません。

男の捕まったときの所持金は0円でした。空腹で辛抱できない無一文の男が、唯一正当に食事する方法が〝大盛りチャレンジ〟だったのでしょうが、成功しなくてはどうしようもありません。多分、限界を超えるまで胃に詰め込んだことでしょう。もう当分はカツ丼を見たくないことだと思います。現在、警察が動機などについて調べているそうですが、そのとき取り調べの定番〝カツ丼〟が出されていないか心配です。（2021/08/20）

パンツに夢中

北海道迷惑行為防止条例違反の疑いで札幌市に住む四十三歳の男が逮捕されたというニュースが二〇二一年八月にありました。最近で迷惑行為防止条例違反といえば、その多くが〝盗撮〟です。女性に気付かれないようスカートの中にスマホや小型カメラを差し入れて撮影し、そのまま何食わぬ顔をして立ち去るものですが、今回の男の行為は「そんなことしたら絶対にバレるやろ」という大胆なものでした。

男は札幌市の地下鉄大通駅のエスカレーターで前に立つ二十代の女性のスカートをめくり、その中をじっくり確認したあと逃走したのです。いくら何でも穿いているスカートをめくられて気付かない人はいません。女性はすぐに近くにいた通行人と共に追いかけましたが、男の逃げ足が速く見失ってしまいました。その後、女性は被害を報告するため駅事務所を訪れ、そこで警察に事情を説明していたところに「落とし物をした」という人物が現れました。実は女性は追いかけているとき、犯人が落としたものを拾っていたのです。しかし、後ろ姿しか見ていないので犯人を断定することはできません。

そこで駅員が女性の拾得物を見せると、男は「おお、これ、これ」と言うではありませんか。もう「スカートめくりの犯人は自分」と言っているのと同じです。すぐさま警察が男を尋問し、遂に「めくったのは私です」との自供を引き出しました。しかしわからないのは、事務所に自分が狙った女性がいるのになぜ無警戒に入ってきたのでしょう。普通ならそこにいた女性を見て慌てて逃げるはずです。私が思うに、男はおそらくパンツしか見ていなかったのでしょう。

四十歳を超えても夢中になれるものがあるのは素晴らしいことですが、それが「パンツ」だなんて情けない限りです。

（2021/08/27）

極端なサバ

車を運転していると「検問」に出くわすことがあります。後ろめたいことが何もない善良な市民にとっては別にどうってことはないのですが、指名手配犯はもちろん、酒を飲んでいたり、免停中の運転の場合は生きた心地がしないことでしょう。

まあ、そこまでの極悪人は別として、つい免許証を忘れてしまったときもやはり緊張が走ります。「免許証を出して」と言われ、即座に見せなければ警察は無免許運転を疑いますので、免許を受けていることを確実に証明しなければ先に進むことは許されません。そんなときは警察官に住所氏名、生年月日を伝え無線で本部に照合してもらうことになります。連絡を受けた本部はそれらに該当する人物がいるか調べるとともに、保存されている写真の特徴を警察官に伝えます。私がアデランスを被って免許不携帯で運転して捕まると厄介です。本部に保存されている写真の「私」と警察官の目の前にいる「私」は見た目が大きく違いますから「ウソをつくな」と、本物の百田尚樹と信じてもらえなくなるのです。というわけで、外見の特徴が写真と違っていたら、いかに個人情報をよどみなく言ったところで即座に放免とはなりません。

中国・江蘇省で無免許で友達三人を乗せて夜中にドライブをしていた少年が二〇二一年九月に話題になりました。彼はご機嫌で運転していたところを検問中の警察官に止められました。少年を見た警察官が「君、何歳？」と尋ねると少年は「一九八二年生まれです」と答えました。しかし、どう見ても三十九歳には見えません。それもそのはず、この少年は十四歳だったのです。そこで今度は「（身分情報の）写真と全然似てないじゃないか」と言うと、なんと少年は「美容パックをしたので」と、普段から美容パックをしているため実際の年齢より若く見えると説明しだすのですから笑ってしまいます。もちろん、警察官が「へえー、パックってすごい効果やね」なんて感心するわけもなく少年は車から降ろされました。

そうなるとやはり子供です。すぐに観念して一九八二年は父親の生まれ年で、伝えた身分情報はすべて父親のものだったことを白状しました。それにしてもとんでもない言い逃れをしたものです。顔が違うと指摘されたのならまだ「整形しました」とでも言えばいいのに、それをパックだなんて……、それで通用すると考えるところがやはり子供です。言うまでもなく、子供が自動車を運転してはいけません。

（2021/09/17）

違法な釣果

コロナにより人との接触が制限される昨今、自然の中で誰にも関わらず一人で楽しめる「釣り」が人気のようです。しかし、釣り竿で釣るのは魚だけにしておいてもらいたいものです。

三重県四日市市で五十四歳の会社員の男が窃盗未遂容疑で逮捕されたというニュースが二〇二一年九月にありました。アパートに住む女性がふと窓の外のベランダを見ると、洗濯して干してあるキャミソールに何やら棒状のものが近づいています。それはツンツンと突いてキャミソールの感触を楽しんでいるようでもあり、また引っかけて持ち上げようとしているようにも見えます。いずれにせよ、ベランダで乾燥を待つキャミソールに異変が起きていることだけは間違いありません。

釣り竿を操っていたのは隣人の男でした。なんとこの男は自身が住むアパートで、隣の部屋のベランダに干してある下着を釣り上げ盗もうとしていたのです。驚いた隣人が通報し、幸いにも被害なしで男は逮捕されましたが、自分の下着を狙う男が隣に住んでいると知った女性はすぐにでも引っ越ししたくなったに違いありません。

男は調べに対し「釣り竿で触っただけで盗む気はなかった」と容疑を否認しています

が、そんな言い訳が通るはずがありません。警察は今後厳しく余罪を追及していくとしています。

そこで注意が必要なのは男の犯行範囲です。なにしろ釣り竿を使っての犯行ですから両隣以外にも可能です。糸を垂らせば階下にも届きますし、投げ釣りが得意なら道路を挟んだ向かい側の洗濯物も狙えます。

女性の下着に異常な興味を示す変態には困ったものです。しかし需要があれば供給する者が現れるもので、そんな男たちを相手に使用済み下着を売る店もあるようです。〝良識ある〟変態は身銭を切ってそこで購入して満足しますが、実情はそうでない変態も多く、下着泥棒のニュースが後を絶ちません。

「海老で鯛を釣る」は少しの負担で大きな成果を得ることです。下着が大きな成果かは別にして、そこまで欲しいものをエサなしで得ようとするのは釣り師失格です。

（2021/10/02）

ツケでよろしく

人間は時として自分を正当化するために聞くに堪えない嘘や言い逃れをするものです

が、これほどまでの「口から出まかせ」があったでしょうか。

高松市内のうどん店で無銭飲食をしたとして、住所不定、無職の四十五歳の男が詐欺容疑で現行犯逮捕されたというニュースが二〇二一年十月にありました。この男は食事をした後、代金を支払わずに店の外に出たところを無銭飲食で捕まったのですが、取調べに対して、ぬけぬけと「ツケがきく店だと思っていた」というのですから呆れます。

「ツケ」とは債務が発生したその場では支払いをせず店の帳簿にその金額を〝つけ〟ておいてもらい、後日まとめて清算するというものです。企業間取引きでの「締日、支払日」なんてものも「ツケ」のことですが、こちらは契約書を交わしてその内容を明確にしているのに対し、一般的に使う「ツケ」は主に個人が行きつけの飲食店などに口約束だけで後払いにしてもらうものです。それはお互いの信頼関係のみで成り立っています。昔の人は小さな社会の中で生活していましたので、顔なじみも多く「ツケ」の文化が成立していましたが、現代では他人の生活に立ち入ることが減ったため、店側も客の素性を把握することが難しくなり、それとともに「ツケ」は減ってきました。

そんな「ツケ払い」をしようとした今回の男がなぜとんでもない奴だったのかというと、なんと男はこのうどん店を訪れたのが今回初めてだったからです。もちろん男は事前に「ツケのきく店」か確認もしていません。仮に「ツケのきく店」だったとしても、どこの誰ともわからない人間に「また今度でいいよ」とツケを認めるわけがありません。

さて、今回の被害ですが、男はこのうどん店でかやくうどん（特大）とおでん五個、おにぎり二個の計八点を食べていました。高松といえば讃岐うどんの本場です。さぞかしおいしいうどんだったのでしょう。それにしても特大うどんにおでんやおにぎり、よくもこれだけの量を一人で食べたものです。

気になるお値段ですが、なんと全部で千三百五十円といいますからあまりの安さに驚きです。東京ならうどんだけでこの価格の店がいくらでもあります。詐欺事件は被害額が大きいほど量刑は重くなります。お客の懐にやさしい良心的な価格設定が、食い逃げ犯にもやさしいなんて納得がいきません。

（2021/10/22）

消せない未練

元交際相手の女性の名誉を毀損する内容や個人情報をインターネット上に公開したとして、北海道北見市に住む五十六歳の会社員の男が逮捕されたというニュースが二〇二一年十二月にありました。

この男はインターネット上の電子掲示板のスレッドに、かつて交際していた五十代の女性の名前や電話番号をあげ、さらに「やらしてくれる独身」などと書き込んでいたのです。

かつての公衆便所にはこんな落書きが必ず書かれていたものですが、現代ではＷｅｂがそれにとって代わっているようです。この被害者、加害者の二人は二年ほど前に交際関係を解消していましたが、その後も同じ職場に勤務していました。とんでもない書き込みを知った女性が通報し、怪しさ満載の男のスマートフォンの使用履歴などを警察が調べたことで逮捕に至りましたが、便所の落書きは消せてもＷｅｂ上の履歴は永遠に残ってしまいます。これからも被害女性の心が安らぐことがないと思うと不憫でなりません。調べに対し男は「不快な思いをさせて申し訳ない」と容疑を認めているようですが、未練たらたらのなんとも情けない男です。

こんな事件を聞くたびにつくづく思うのは、男女の仲はくっつくときより離れるときの方がよほど慎重にならなければいけないということです。うまく別れられずに相手を不機嫌にしてしまうと、交際中は喜んで許していたことも「あれは無理やりだった」と訴訟沙汰にされたり、芸能人など名のある人物なら二人の秘め事さえも週刊誌に売られかねません。そうならないためには、その交際をいかに楽しい思い出として終わらせるかが重要です。「この人のおかげで素晴らしい時間を過ごせた」となれば、相手を陥れようなんて思うはずがありません。しかしこれは非常に難しいもので、余裕のある人は手っ取り早く「手切れ金」で片付けようとします。ただし、それも金額によっては火に油を注ぐことになりますので注意が必要です。

そこで一番簡単なのは自分から交際を終わらせるのではなく、フラれることによって相手に優越感を与えることです。私はこの作戦で今まで一度も揉めたことはありません。もっとも私の場合はそのテクニックを使う以前に、いつも早々にフラれていましたが。

ところでこの事件はスレッドを閲覧した人物から被害女性に突然電話がかかってきたことで発覚しました。今回の事件で最も呆れたのは「やらしてくれる」を真に受けて本当に電話する男がいたことです。

（2021/12/10）

熟睡車掌

「春眠暁を覚えず」といいますが、どの季節でもまた何時であろうと眠たいときは眠たいものです。ＪＲ九州長崎本線を走る特急列車の車掌が居眠りをし、駅に到着後もドアが開かないトラブルが二〇二一年五月にありました。

夜の十一時前といいますから、自宅の最寄り駅まで帰る人たちにとっては最終列車が気になる時間です。長崎方面に向かっていた特急かもめが諫早駅に到着しましたが、いつまで待っても乗降口の扉が開きません。不審に思った乗客が列車最後部にある車掌室をのぞくと、そこには微動だにしない六十代の車掌の姿が。なんとか起こそうと扉を叩くも気づかない様子から、よほど深い眠りに落ちていたことがわかります。結局、二分間ドアが開かず乗客十二名が乗り換え列車の出発時刻に間に合わなくなりタクシーを使う羽目となってしまいました。

JR九州の話ではこの車掌は諫早駅の一つ前の駅を出発後、車内を巡回して車掌室に戻ったところを睡魔に襲われ、二十五分間ほど眠ってしまったようです。普通列車なら駅間が短く頻繁にドアの開け閉めをするため居眠りをする暇はないのでしょうが、特急列車だとそうはいきません。いかに〝何もしていない〟時間を過ごすかが重要になります。頻繁に車内検札ばかりしては乗客に迷惑がられますし、大声で歌えば不審者扱いです。ましてや眠気覚ましに携帯電話での通話やゲームなどをしては別の意味で問題になってしまいます。

車掌の仕事の第一は車内でトラブルが発生しないようにすることですが、平穏こそが最も眠たくなるのは皮肉なものです。なにはともあれ、巻き込まれた乗客は災難でしたが、まだ眠ったのが車掌で、運転士でなかったのは不幸中の幸いでした。（2021/05/21）

クレームがブーメランに

「丼の中に髪の毛が入っていた」、「新品で買ったシャツの裾にシミがついていた」など客が店にクレームをつけることがありますが、その対象は民間企業だけではありません。市役所などの官公庁にも「還付金の振込みが遅い」、「昼休みが長すぎる」などのクレーム電話があるそうです。

しかしそんなクレームのお陰で、ひったくり犯が逮捕されたというニュースです。発端は、二〇二一年十月、大阪市住吉区の路上を歩いていた五十代女性が自転車に乗った男に追い越しざまにトートバッグをひったくられたという事件です。被害者はすぐに警察に通報し、付近では緊急配備が敷かれました。しばらくすると捜査員が犯行に使われたとみられる自転車に乗っている男を見つけました。即座に停止を求め職務質問をしようとしたところ、男は「知らん知らん」とばかりに慌てて逃走してしまいました。これで事件の解決は一気に遠のいたと思われましたが、ここから思わぬ展開になりました。

一方、そのころ大阪府警に一本の電話が入りました。「今日、路上で職務質問をされたんやけど、あれは何なんだ」というクレームです。よほど対応が気に入らなかったのか、怒り心頭の様子です。電話を受けた警察官が丁重に言葉を選びながら話を聞くと、その男は職務質問が嫌で逃げていたことがわかりました。当日管内で発生した事件は当然警察官全員で共有しています。こいつは怪しいと直感した警察官が電話の相手をなだめてお詫びを言い、最後に「ところであなたのお名前は」と問いかけると、すっかり機嫌をなおした声の主は堂々と「澤田です」と本名を名乗るのですから、バカとしか言いようがありません。応対した警察官がずっと下手にでていたため、自分のほうが強い立場だと油断したのでしょう。すぐさま警察が急行し、あえなく捕まったというわけです。

犯人らしき男が捜査線上から消えて難航すると思われた事件ですが、間抜けな犯人のおかげでいとも簡単に解決に至りました。苦情対応の専門家によると、クレーム対応の極意は話を十分に聞き相手を満足させることだそうです。


（2022/01/14）

福岡県警小倉北署が四十一歳の無職の男を酒気帯び運転の疑いで逮捕したというニュースが二〇二二年三月にありました。

事件の発端は警察署の玄関先に一台の軽自動車が止まったことです。すぐに男が運転席から飛び出し、署内にいた警察官に「トイレを貸して」と依頼しました。警察官は男をトイレに案内しましたが、そのとき気付きました。「こいつ酒を飲んでいるな」と。

スッキリした様子でトイレから出てきた男は相変わらず酒の臭いをぷんぷんさせています。「ありがとね」と帰ろうとする男を警察官はもちろん引き止めました。「酒を飲んでますね、検査します」「？・？・？」呼気検査の結果は検挙するに十分足るもので、絵に描いたような現行犯逮捕となりました。

それにしてもこの男は飲酒運転という、交通違反の中でも最も重罪といえる罪を犯した状態で、なぜのこのこと警察署に行ったのでしょうか。車を運転していて、ついうっかり免許証を忘れたことに気付いたときでさえ多くのドライバーは「えらいこっちゃ、パトカーや白バイに捕まらないようにいつもより慎重に運転しよ」となるのですが（こちらは反則金三千円の軽微な違反です）、自ら進んで警察署に入っていくとは。考えられることは三つ。まず、男は酒を飲んで車を運転してはいけないと知らなかった。二つ目は、「飲んだのは少しだしバレるわけがない」と高をくっていた。最後は、頭がぼけていて酒を飲んだことすら覚えていなかった。いずれにせよ男が自身の行為について重大犯罪にあたるとは微塵たりとも感じていなかったことだけは確かで、それが逮捕後の「すべてにおいて納得がいかない」との供述につながります。

男が納得しようがしまいが、今さらどうでもいいことですが、それよりも私からみたら一連の男の行動のほうがよほど「すべてにおいて」理解できません。

(2022/04/02)

監督の力量

東京都内のレンタルルームで二十代の女性にキスをしたり、身体をさわったりしたとして五十二歳の無職の男が逮捕されたというニュースが二〇二二年四月にありました。レンタルルームといえば私的な空間です。そんなところで男女が二人きりになるのですから、今回の男女も歳の離れた恋人同士か。いや、それなら男が逮捕されることなんてないだろうと記事を読み進めていくと、そこにはとんでもないからくりがありました。

男は自らを映画プロデューサーと名乗り、「世界的有名監督の次回作出演者オーディション」と称してネットで出演希望者を募って、応募してきた女性をレンタルルームに呼び出していたのです。

　女優など芸能界に憧れる人は多くいます。そんな夢と希望に溢れた若い芽を、中年男の薄汚れた欲望の毒牙にかける悪行は四十数年芸能界に関わる仕事をしてきた身としてはとても許すことができません。

　私はお笑い構成者ですから映画やドラマのオーディションに立ち会うことはほとんどありません。しかし、それ以外のオーディションには過去幾度も関わってきました。そのときに二人きりなんてことはほぼありません。必ず複数のスタッフが立ち会う場で行なわれます。少しでも良い作品にするために偏った見方でなく広い感性を求めるのですから当然です。どうしても二人きりで面談する必要が生じたとしても部屋の外には常に複数のスタッフが待機します。すぐに「パワハラだ、セクハラだ」と訴えられる昨今、これはオーディション参加者を守るとともにスタッフを守ることにもなります。

　さて、話を男のオーディション風景にもどしましょう。当日、男は自作の台本を会場に持ち込んでいます。そして、一通りの質疑応答が済んだところでそれを取り出しセリフの確認です。女『遅い、遅すぎるよ』男『えっ』女『ずっと前から好きだったのに』、『じっと見つめあう二人、その後激しくキスをする』。たったこれだけでもすぐにプロの仕事ではないとわかる台本ですが、男が本性を現すのはここからです。

座っていた椅子からやおら立ち上がり「私が相手役をしますから芝居をつけていきましょう」と言って、女性を引き寄せそれはそれは激しいベロベロチューをかますのです。さらに女性のおっぱいを揉みしだき、挙句にはおしりを鷲摑みにしてさすり倒したというのですから、とんでもない「オーディション」です。

ところが今回オーディションに現れた女性の存在が男にとって運の尽きでした。彼女は関西から上京し、過去数々のオーディション経験がありました。そうなると女優の卵とはいえ、少しは芸能界のこともわかっています。片や映画プロデューサーといったところで所詮は自称、芸能界の素人です。もはや勝ち目はありません。

一通りの面接が終わり最後に女性が「この作品の監督はだれですか」と尋ねたところ「合格者でなければ教えられない」と答えたため、こいつは怪しいと確信し警察に届け出たということです。ほかにも余罪が数々ありそうですが、男の書いた台本がＡＶ物だったらと考えるとぞっとします。

（2022/04/22）

第二章　コロナというバカ発見器

ワクチンはゴールではない

神戸市中央区にある新型コロナウイルスワクチンの集団接種会場に、ワクチン接種などに反対する男性が訪れ警備員らとトラブルになったというニュースが二〇二一年八月にありました。

この男性はワクチンやマスク着用への反対を訴える音声を流しながら車で会場を訪れ、予約者しか入ることができないと説明する警備員の言うことを聞かず、会場入り口から動こうとしなかったため兵庫県警に通報されたのです。

ワクチンに関しては私もいろいろと思うところがありますが、かといってこの男性の行為は理解できません。なぜなら、ワクチンが気に入らないのなら自分が打たなければいいだけで、周りを巻き込む必要はないからです。同様にワクチンを「早く打て！」と声高に叫ぶ推進派にも「大きなお世話だ」と言いたくなります。私は決してワクチンの効果を否定しているのではありません。接種をすれば感染する可能性がいくらか低下するのはおそらく間違いないでしょう。しかし気になるのはリスクです。腕が上がらない、熱が出るなどの副反応はほとんどの人が知っていますが、それ以外の不都合は果たして本当にないのでしょうか。厚生労働省は七月末までにワクチン接種後の死亡が九百十九例あったと発表しています。しかし、そのすべてについてワクチンとの直接の因果関係は不明としています。どうやら注射針を通してワクチンを注入した瞬間に死ななければ、関係は認められないとなるようです。

それに接種直後の副反応はまだしも、長期的な影響にいたってはまったくわかっていない状況です。これでは不安を持つのも仕方がないでしょう。推進派が「いつまでも〝緊急事態宣言〟が解けないのはワクチンを打たない奴がいるからだ」と打たない人を執拗に責め立てるのは、既に接種が終わった自分を正当化したいからなのかもしれません。今さらワクチンに致命的な瑕疵が見つかってもどうしようもありませんから、「赤信号、みんなで渡れば怖くない」としたいのでしょう。もっとも、もし本当に不都合が判明しても「早く国民みんなが接種を」と旗を振っていた国がすんなり認めて公表することはないのでしょうが。

さらにワクチン接種完了者へのメリット、いわゆる〝ワクチンパスポート〟にも違和感があります。ワクチンを打てば絶対に感染しない、させないならコロナ禍から一抜けとなるのでそれもいいのでしょうが、現状ではワクチンはあくまで「感染しにくい、重症化しにくい」にとどまります。それならワクチンを打たなくても「感染しにくい、重症化しにくい」若者とどう違うのでしょう。

また、ワクチンを接種したくてもできない人はその証明があればOKなどというのもおかしな話です。接種したか、していないかが肝心なら、いかなる理由があろうと「接種していない」事実は変わらないのですから。

もう一度言います。私は決してワクチン否定派ではありませんし、その効果もおそらくある程度はあるだろうと認めています。ただ、無条件に受け入れるのにはもう少し時間と判断材料が必要だと思っています。そして最後の決断はあくまでも個人が行なうものので、それは尊重されなければなりません。これを認めないのは、最も避けなければならない全体主義にほかならないからです。ワクチンはコロナ禍終息のための手段だったはずが、いつの間にかワクチンを打つこと自体が目的になっているのは、滑稽以外のなにものでもありません。

(2021/08/27)

オンライン全盛に違和感あり

水戸市が二〇二一年十月三十一日に開催を予定していた「第六回水戸黄門漫遊マラソン」を、新型コロナウイルス感染拡大により走者やボランティアの安全確保が難しくなったため中止すると発表しました。

もとより今回は三キロと五キロの部門は行なわず、フルマラソンのみとするなど例年より規模を縮小して開催する方向で、八千人の定員に対し全国から九千四百九十九人の登録があったそうです。中止が決定したことで、参加料を納入済の登録者には参加賞として既に作成済みの大会オリジナルTシャツを発送するほか参加料の一部を返還し、さらにオンライン大会を開く予定としています。

このオンライン大会は十月十八～三十一日の間に専用のスマートフォンアプリで計測しながら、好きな時間に好きな場所で計四十二・一九五キロを走れば完走となり、完走者には印籠を模した記念メダルが贈られるというものですが、はたしてこれを「大会」

と言えるのでしょうか。

一堂に会した参加者が周りのランナーに負けてなるものかと通常以上の力で競うことこそ「大会」の醍醐味なのに、ひとりで走るのなら朝夕の単なるジョギングと何ら変わりません。それに完走者への完走賞も、登録者本人がちゃんと走ったのかどうか不明のまま渡すのですからその重みも自ずと軽いものになります。

コロナの影響で人との接触が制限されるようになり、なんでもかんでも〝オンライン〟化しているのには大いに違和感があります。「ちょっと一杯」は膝を突き合わせてコミュニケーションをとるためだったのが〝オンライン飲み会〟となり、目的が単に酒を飲むことになってしまいました。

テレビ番組の構成会議もしばらく〝オンライン会議〟が続いています。お笑い番組の会議は傍からは遊んでいるとしか見えない賑やかさで、参加者全員がまじめにふざけます。そこでの雑談の中から本番に活かせるものを拾って番組を作っていくのですが、各自が神妙な顔でパソコンに向かい議長の指示で発言するオンライン会議では、ただ意見の交換だけになりシラケた空気が漂います。こんなことをしていてオモロイ番組なんてできるわけがありません。

さらに最近では資格試験まで試験会場に赴かず、自宅から受験する〝オンライン受験〟になっているといいますから驚きです。監督者がいなければカンニングや替え玉受験のし放題ですがいいのでしょうか。就職活動も随分と様変わりしています。エントリーシートをメールで送った後、オンラインで適性検査、教養試験。そのあとはオンラインで面接。晴れて内定がとれ、新年度に「さあ、いよいよ」となったところで〝オンライン入社式〟。研修ももちろんオンライン。そして配属が決まったあとは本格的に〝在宅勤務〟。彼らはいつになったら家から出られるのでしょう。

（2021/09/05）

自粛警察の横暴

前橋市のショッピングセンターの駐車場にとめてあった他県のナンバープレートを付けたクルマに、「二度と群馬県に来るな！」と書かれた紙が貼りつけられたというニュースが二〇二一年八月にありました。

持ち主の男性が買い物を終え自分のクルマに戻ると、リアガラスとワイパーの間に前述の文言のほかに「コロナウイルスを都会から一生群馬県に持ち込むな！」とあり、さらに「ネット上にナンバープレートと車体を晒します」と続いていました。言うまでもなく新型コロナウイルスの感染拡大に過剰な反応を示す「自粛警察」の仕業にほかなりません。当人は「このご時世に他県から侵入してきてウイルスをばら撒くなんて許せん、天誅を下してやる」なんてつもりなのでしょうが、思い上がりにもほどがあります。そんなにウイルスが怖いのなら自分が家から一歩も出なければ良いだけで、他人の行動にいちいち文句を言う必要はありません。

さらに質が悪いのは貼り紙の一番下には「城東町三丁目自治会」と書かれていたことです。いかにも地元が迷惑している体を装っていますが、自治会長は「全く身に覚えがない。自治会の名前が使われ、とても憤慨している」と話しているように、自身の身元は一切明らかにせず勝手に自治会の名を騙っているのです。こんな卑怯者の言うことには一分の理もありません。

そもそも他府県ナンバーだからといって、他所から来たとは限りません。旧ナンバーのままで県内在住なんていくらでもいます。今回被害を受けたクルマもナンバーは長野でしたが、持ち主は群馬在住でした。それに長野が犯人の言う都会かどうかは置いといて、群馬県の感染者数は長野県の倍です。それなのに「ウイルスを持ち込むな」なんて、もう言ってることが支離滅裂です。

私はクルマで行けるところにはどこでも自分で運転して出かけます。もちろん県をまたぐことも頻繁にあります。もし、同様の目に遭わされたら怒り心頭に発すること間違いありません。ショッピングセンターには防犯カメラがあちこちにあるはずです。ぜひこの傲慢な犯人を捕まえてこちらから天誅を下してもらいたいものです。（2021/09/05）

ワクチン一辺倒に異議あり

奈良県五條市の中学校で、教諭が生徒に新型コロナウイルスワクチンを接種したかどうか調べていたことがわかり、学校が生徒らに謝罪するとともに市教育委員会が再発防止に努めることを表明したというニュースが二〇二一年九月にありました。

これは学校外での職場体験学習を前に、担任教諭が生徒に接種の有無を挙手させたり個別に聞き取ったりして調査したものですが、教諭がその結果によって生徒の扱いを変えるつもりだったとしたら問題です。ワクチンを接種するしないは本来自由であるべきで、その差により最も公平でないといけない学校が生徒への対応を変えるなんてことはあってはなりません。また接種の有無はそれこそ〝個人情報〟の最たるものです。

今回は、学校での出来事を子供から聞いた保護者からの指摘で発覚し、誤った行為だったと認めることになりましたが、言われなければわからない学校や教師は猛省すべきです。

ただ、現在はワクチン信奉者は多く、「ワクチンを接種する、しないは自由」というのも残念ながら単なる建て前になっているようです。大規模接種や職域接種により接種者が増えるにつれ、接種をためらう人への「ぐずぐずしてないで早く打て」という圧力が強くなっています。その圧力も〝考え過ぎよ〟から〝弱虫〟になり、遂には〝非国民〟と言わんばかりの勢いになりつつあります。「非常事態宣言が解除されないのはワクチンを打たない奴がいるからだ！」なんてとんでもない言いがかりまで出てくるのは「ワクチンを打てばすべてが終息する」と煽った政府やマスコミの責任ではないでしょうか。

接種完了者を優遇する、いわゆるワクチンパスポートを議論するときに必ず出てくる、体質により接種できない人は〝仕方がないから特別に許してやろう〟なんて言説自体、既に接種が前提で、しないのは悪だと言っているのも同じです。

私は二〇二〇年一月、中国武漢で疫病が発生したと知って身構えました。口から感染するらしいと聞くと周囲にはマスクを呼びかけ、また見知らぬ人との不用意な接触も避けるよう心掛けるとともに、感染国からの入国を拒否するよう政府に強く訴えました。なにしろ新型コロナは未知の病気でひとたび罹患すれば、どんな結末になるかわからなかったのですから、出来得るすべての方策をとるべきだと考えたのです。

それと同じでワクチンの〝正体〟が見極められないうちは、見切り発車することなく最初にコロナに対したとき同様、慎重であるべきだと思うのはいたって自然なことではないでしょうか。

(2021/09/12)

マスク依存症になった私たち

ピピピピッ、今日もまた午後四時四十分を過ぎたころテレビ画面の上部にニュース速報が流れました。「本日、東京都で二十四名のコロナ感染者が判明しました」。呆れてものが言えません。東京都の人口は千四百万人です。二十四名ということは百万人に二人いないのです。これのどこに緊急速報の要素があるのでしょう。

ちなみに東京都では毎日七十件以上の交通事故が発生しています。事故には加害者、被害者がいますので最低でも一事故あたり二名が関係しています。つまり一日最低百四十人が事故に巻き込まれている計算になります(厳密には自損事故もありますが)。二十四名のコロナ陽性者（死者でもなければ重症者でもありません。ただ陽性と判定されただけの人です）を速報で伝えるのなら、「今日は百四十名の方が交通事故に遭いました」と発表する方がまだ有益でしょう。さらに笑ってしまうのは「前の週の同じ曜日に比べて一人増えました」と大真面目に言うのですから、思わず「どっちでもええわ」と画面に向かってツッコんでしまいました。

この二年間ほど「コロナネタ」さえ扱っていれば番組が作れたテレビとしては、なんとかコロナから視聴者が離れないようにしたいのでしょうが、いかに「第六波が」と煽ったところで、これほどまでに感染者が減るとさすがに無理があるでしょう。

それにしても日本人は本当に律儀な国民です。コロナウイルス感染拡大にあたり「さあ、みなさんマスクをしましょう」という教えを見事に守り、かつては小学校の給食当番か「私、きれい？」でお馴染みの口裂け女しかしていなかったマスクを、感染者激減の今（二〇二一年十一月時点）でも外出するときにはほとんどの人がしています。それも満員電車や店舗など着用を求められる場所だけでなく、夜中に誰も歩いていない帰宅途中の道でも手放さないのですから、もはや〝マスク依存症〟といってもいいでしょう。

一向にマスクを外そうとしない国民を見ていると、このさき日本人の顔からマスクが消えるときがくるのか不安です。このままだと世界の中でブルカ（イスラム教国の女性が全身を覆う外衣）でイスラム教徒とわかるように、マスクで「あっ、あの人は日本人」と判断されるようになってしまうのかもしれません。

（2021/11/19）

（※ちなみに二〇二一年六月時点でも、街を歩く人の九九％がマスクをしています。）

死因のトップはコロナではない

日本人の死因の第一位は悪性新生物、いわゆるガンです。ガンだけで全体の二七％を占めており、なんと死亡者の四人に一人がガンで亡くなっていることになります。そんなガンの診断が二〇二〇年に、前年に比べて五・九％、約六万件減少したというニュースがありました。

ガンは高齢になるほど罹りやすく、八十歳を超えると四割以上の人がなんらかのガンと診断されるといいます。ですから平均寿命が男女ともに八十を超えている日本人の死因第一位も仕方がないところですが、寿命の延びと共に増え続けていたガンがようやく頭打ちになったのかと思いきやさにあらず、ただ新型コロナウイルス感染症の流行で、受診を控えたり検診が一時休止されたりしたことが理由だと聞いてがっかりしました。

かつてはガンといえば不治の病とされ、多くの人はその診断を〝死刑宣告〟のごとく受け止めていました。しかし医学の進歩はめざましく、現代では多くのガン患者が完治し社会生活に復帰できるようになっています。そこで重要なのはやはり「早期発見、早期治療」です。手っ取り早く外科的手術で腫瘍を取る、あるいは放射線や抗ガン剤で病巣を叩く、いずれにしても放置され巨大化したガンには対応できません。本来二〇二〇年に発見されるはずだったガンが、コロナに感染したくないばかりに検査をせず、一年後に大きくなった状態で見つかるなんてことが今後増えないか心配です。

この二年ほど、わが国はいかにしてコロナに罹らないかばかりで動いてきました。もちろん病気にならないに越したことはありません。しかし、あまりにそれを恐れるがためにそれ以上の不都合に見舞われることになっては元も子もありません。

「人込みはダメだ」と飲食店をはじめ、多くの店舗が休業を余儀なくされました。その結果その店主、従業員、関連業者、そしてそのすべての家族が経済的困窮に陥り、二〇二〇年はリーマンショック後の二〇〇九年から減少を続けていた自殺者の数が十一年ぶりに増加に転じました。

人が死ぬ要因はコロナだけではありません。重要なのはいかにバランスよく社会を回すかです。一方に偏り過ぎたせいで死んでしまうなんてもってのほかです。なにはともあれ、みなさん検診には必ず行きましょう。

（2021/12/03）

マスク警察の暴走

マスクをつけていないことを注意した男性に首の骨を折る大けがを負わせたとして、傷害容疑で二十五歳の運送業の男が兵庫県警に逮捕されたというニュースが二〇二一年十二月にありました。

この男は前年五月三十一日午後零時半頃、神戸市兵庫区の路上をマスクなしで歩いていたところ、近くに住む六十五歳の無職男性から「マスクをしろよ」と注意されたことに腹を立て、男性の首を絞めながら投げ飛ばしました。その結果、被害男性は現在下半身不随となり不便な毎日を送っているといいます。

中国からコロナウイルスが伝播して以来、日本ではマスクを着用するのが〝当たり前〟となってしまいました。そのためマスク妄信者がマスク警察となり、非着用者が悪だとされる状態が続いています。しかし、二十四時間三百六十五日マスクを離さないなんて、どう考えても不自然です。公共交通機関や店舗など人が集まる場所ではマスクも必要でしょう。もちろん私もそのような場所ではマスクをします。対して路上など屋外で人込みでもない場所でのマスク効果なんてほとんどありません。家を出た瞬間にマスクをするのでなくバス停まで歩く間は非着用、バス停で列に並ぶときに初めて着用、これで十分でしょう。道行く人すべてがマスクをしていることには違和感しかありません。

今回も、事件発生場所は路上でした。被害男性にはお気の毒なことでしたが、そこまで神経質にならなくてもよかったのではとも思います。もちろん、それが暴力を振るっていい理由にならないことは言うまでもありませんが。子供は感情に任せて相手を叩いたり蹴ったりします。ただ力がそれほど強くないため「子供の喧嘩」で大事に至ることはそうそうありません。しかし、身体が大きくなり攻撃力が強くなると一撃で相手の命に危険を及ぼすことにもなりかねません。まともな人間は成長するにつれ感情をコントロールする力が身に付くものですが、残念ながら「身体は大人、心は子供」も一定数います。今回の男もそのひとりだったようです。

男が口だけを覆うマスクを嫌がったために犯罪者となり、これからの人生ずっと顔全体を世間に晒せなくなってしまったのは自業自得とはいえ残念なことです。事件を伝えるテレビのワイドショーでは「マスク着用をぜひ法律で義務化してほしい」と呑気なコメンテーターたちが自分たちはマスクをせずに喚いていますが、一日でも早く日常を取り戻すべきだと考える私からしたら、それこそ法律で「マスク禁止」にしないと〝国民皆マスク〟状態が永遠に変わらないのではと、そちらの方が心配です。（2021/12/10）

滑稽なマスク信仰

大阪府高槻市の小学校で二〇二一年二月、体育の授業で持久走をした当時五年生の男子児童が死亡していたというニュースがありました。この児童は顎にマスクが引っかかった状態で倒れているところを発見され救急搬送されましたが、必死の手当ての甲斐もなく帰らぬ人となりました。

実際に走っているときに口がマスクで覆われていたかどうかはわかりませんが、少なくとも顔からマスクを外してスタートしたのでないことだけは明らかです。持久走といえば、小学校の体育授業の中では辛い種目の筆頭です。走り終えたときには全員が「ハァ、ハァ」と荒い呼吸で倒れ込みます。

そんな心肺機能を酷使する種目をマスクで酸素が十分に摂り入れられない状態で行えば倒れるのも当然です。危険を回避するためになぜ教師が「持久走を走るんだからマスクを外せ」と言わなかったのでしょう。学校側は体育の授業中にマスクを外すことを許可していたようですが、大人でも周囲の同調圧力に堪えかねている現在、子供が「私はマスクをしません」とはなかなか言えません。感染したときに「常にマスクをして感染防止に努めていた」と言いたいがために無理にでもマスクを外させなかったとしたら、これほど愚かなことはありません。

コロナ禍により、普段の生活の中でのマスク着用が当たり前となっているのには辟易します。たしかに飛沫を飛ばさない、吸い込まないためには有効なのでしょうが、飛沫のない〝ひとりで乗っている車の中〟、〝広々とした河川敷でのジョギング中〟などでもマスクを外さない人を見たら哀れにさえ思えます。彼らは自分で考え、行動することができないのでしょうか。

「マスクはマナー」なんて聞いたようなことを言うのもやめていただきたい。公共交通機関や店舗などではそこの指示に従わなければならないのは言うまでもありませんが、マスクはしたい人がすればいいのであってしたくない人がしないのも自由です。なによりも今回の事故のようにマスクにはメリットもありますが、特に気温が上昇する季節はデメリットもあることを忘れてはいけません。

ワクチンの副反応には過敏に反応し騒ぎ立てるのに、マスクの副作用にはあまりにも無頓着です。誰だって病気になりたくないのは当然ですが、マスクを絶対視し片時も離さない人たちを見ていると「健康は命より大事」、「健康のためなら死んでもいい」と言っているようで滑稽以外のなにものでもありません。

(2021/06/04)

ロックダウン・ラブストーリー

二〇二二年二月、中国・北京で冬季オリンピックが開催されました。二〇二一年東京で夏季オリンピックが開催された際、「コロナが蔓延する中、世界中から選手を集めてオリンピックだなんて何を考えているんだ、即刻中止せよ！」と連日叫んでいた人たちも〝なぜか〟今回はだんまりを決め込んでいました。

もちろん中国でコロナが終息し、心配事がなくなったわけではありません。むしろ状況はその逆で、都市によっては有無を言わせぬロックダウンが強いられているようです。

広東省の広州市で働いていた三十代の女性のケースはちょっと驚きです。彼女は親の勧めで故郷の鄭州市に戻り、十人の男性とお見合いをすることになったそうで、四人の男性とお見合いをしましたが、どの人ももうひとつ決め手に欠けました。五人目の男性との見合いの席で「ぼくの作る料理を食べに来ないか」と自宅に誘われました。彼女は言われるままに男性のマンションを訪ね食事をし、いざ帰ろうとしたときに事件が起きました。なんとマンションが封鎖となり、そのまま隔離状態となってしまったのです。オリンピックを目前に「ゼロコロナ」を掲げる現在の中国では、たった一人でも感染者が出れば即座にそのマンションを封鎖し全員を外出禁止にするといいますから、さすが人権なんて一切気に掛けない強引な国です。

かくして〝お見合い〟のつもりが、いきなりの〝同棲〟となってしまったこの女性は、相手の男性が自分のために料理や家事をしたり、寝ている間にノートパソコンで仕事をする様子をブログにアップし、それを見た人たちからは「なかなか優しい男性じゃないか、結婚したら」などの声もでているそうで、ロックダウンという究極の行動制限にもかかわらず、意外に平穏なのはもう慣れっこになっているからなのでしょう。

ほかにも通いの家政婦、家庭教師などが突然の封鎖でゲートから出してもらえず着の身着のまま二〜三週間なんてことになっていますが、まだ部屋の中で過ごせる人はましです。可哀そうなのはデリバリーでたまたま訪れたときに閉じ込められた配達員です。寒さの中、いつ開くかわからない門をじっと見続けるのはさぞかし辛かろうと思います。

そんな彼らの食事はもちろん「デリバリー」でしょうか。

ところで件の女性ですが、恋愛ドラマなら必ず恋に落ちるこれ以上ない非日常的なシチュエーションにもかかわらず、当人は「彼はとってても無口なの、私はもっと楽しい人が好き」とそっけない態度で、やはり現実は作り物のようにはうまくいかないようです。

もっとも、中国政府のしていること自体が既に作り物以上に常軌を逸していると言えなくもありませんが。


(2022/01/21)

分身の術、失敗

早稲田大学でオンライン授業を受講した二百人のうち百人以上が「不可」=「落第点」の評価となったというニュースが二〇二二年二月にありました。

私の学生時代、大学の授業といえば、百人も入る教室ではるか向こうにいる教授がマイクを使いながらもあまりの声の小ささで何を言っているのかわからないのを我慢して九十分をやり過ごすのが定番でした。それが今やコロナ禍により対面授業は全面的に禁止され、各大学でインターネットを使いカメラに向かってしゃべる教員を学生が視聴するというオンライン授業が一気に普及しました。

今回問題となったのは商学部のオンライン授業で、これは学校側がアップした動画を期間内にすべて視聴したら単位を与えるというものでした。学生からしたらビデオを見るだけで単位をもらえるのですからこんな楽なことはありません。しかし、学生はちょっとやり過ぎました。学校が視聴履歴を確認したところ百人以上が複数の動画を同時に再生していたことがわかったのです。学生は「どうせ真剣に見るものではないし、二本同時なら半分、三本同時なら三分の一で済む。これこそ時短だ」と高をくくっていたのでしょうが、大学側に「これでは履修したことにならない」と落第扱いとされてしまいました。

一、二年生なら「ちょっとやり過ぎたな、また来年頑張るか」と諦めもつくでしょうが、問題は四年生です。なぜならこの科目は商学部の必修科目だからです。この単位がなければ卒業できなくなります。学校が学生に対し「ふざけるな」という気持ちでお灸をすえるのは理解できます。しかし、そもそもビデオを見たから合格、なんてどうなんでしょう。これでは自動車運転免許更新のとき、ビデオを無理やり見せられ「はいOK」となるのとなんら変わりません。すなわちたいした意味はないということです。それに授業の同時視聴はしていなくても、傍らでテレビをつけ、主にそちらを見ていたとしても「それは問題なし」になるのだと考えると、あまりにも不公平です。

コロナウイルス感染拡大により、各大学では試行錯誤をかさね現在のシステムを作りました。それは、いい悪いは別として、従来からいわれている「日本の大学は入るのは難しいが出るのは簡単」(少子化によって現在では入るのもさほど難しくないようですが)を踏襲するものです。本来基準の学力に達していなくても「このビデオを見ておけば」、「レポート(ほぼ教科書丸写し)を提出すれば」OKと卒業単位の大安売りです。特に私立大学では入学金を持ってきてくれる新入生を早く迎えたいという思惑もあるのでしょうが、もはや日本の大学が「最高学府」だなんてとても恥ずかしくて言えません。

もっともそれは今に始まったことではなく、学生運動華やかなりしころも各地で学校が閉鎖され、ほとんど構内にすら入っていない学生も三月になると「はい、卒業」と追い出されたのです。私の学生時代も卒業はそう難しいものではありませんでした。出席さえしていたらOK、毎年同じ問題を出す教授の授業を取るなど少しの工夫で卒業できたものです。もっとも同志社大学中退の私が言ったところでまったく説得力はないでしょうが。

現代の学生証はどこもIC埋め込み型だそうです。教室の入り口を入ると勝手に出席と判断してくれるそうで、便利なことこの上ありません。なんなら友達に学生証を預けたら家で寝ていても「出席」となるのです。それに比べてむかしはまったくのアナログ、代返《だいへん》です。これは欠席している学生に代わって点呼の返事をするもので、声色が得意な学生には複数の依頼が集中しました。代返ですからもちろんバレてはいけません。微妙に声と言い回しを変えるのです。山田君「はーい」佐藤君「はいっ」百田君「ほーーい」のように。まあ、教授もわかった上で大目に見ていたのでしょう。ずいぶんとのんびりした時代の話です。

(2022/03/11)

ワクチンについての私の結論

厚生労働省がコロナウイルスに対するワクチンの四回目接種について、六十歳以上と十八歳以上の基礎疾患がある人のみを対象とすることにしたというニュースが二〇二二年四月に報じられました。

ワクチンができる前は「ワクチンさえ完成すればコロナは終息する」と多くの人が信じていましたが、今やワクチンはコロナに罹らないためのものではなく、良くて重症化を防ぐことができるに過ぎないものと考えられています。ですから端から重症化のリスクの低い人にはワクチンの必要がないと言っているのです。

二回の接種で副反応に苦しんだ人は「なにを今さら」と呆れていることでしょう。ワクチンに関して国の言うことは、それ以外にも二転三転しています。当初は毎回同じメーカーのものを打たないといけないとされていましたが、現在では「交差接種」なんてもっともらしい言葉でどこのメーカーのものでもよくなっています。

私はコロナがどんな病気かわからない時期には絶対に罹らないようにすべきだと考えていましたが、やがて過度に恐れるに足らないとわかってからは、それよりも優先するものがあると主張してきました。揚げ足取りに熱心な方の中には「ワクチンも最初は効果がわからなかったのだから、あんたがそうしたように方針が変わるのは当然だ」と言う人がいますが、それはまったく見当違いで、ワクチンは〝絶対的完成品〟でなければならず、途上ではいけないのです。その意味では一回目、二回目とよくそんなわけもわからないものを平気で自分の身体に入れられたものだと感心します。

コロナとの付き合いも長くなりました。これからは言われるままでなく、自身で最良の選択をしていくべきです。政府は三回目接種が進まないと嘆いていますが当然です。国民は日々学習しているのですから。

（2022/05/07）

第三章　図々しいにもほどがある

マンションの穴場

食料品はスーパーマーケット、日用品はドラッグストア、ちょっとした高級品は百貨店へと目的によって買い物をする場所が変わったのは昔のことで、現代ではわざわざ出向くことなく、家から一歩も出ずにあらゆるものを買うことができます。パソコンやスマホ画面から指先ひとつでいつでも届けてもらえるのです。そして、最近ではコロナの影響もあり、受け取りのハンコやサインなしで黙って玄関先に置いていく、いわゆる〝置き配〟サービスも行われています。

〝置き配〟はたしかに荷物が来るからと在宅しておく必要もありませんし、風呂やトイレからあわてて飛び出すこともない便利なものですが、外から丸見えの玄関先に荷物を置いて大丈夫なのかと思っていたところ、やはりそれを狙う者が現れました。

二〇二一年一月から七月までに、大阪市住吉区や住之江区などを中心に十件以上〝置き配〟の荷物を盗んだなどとして、五十代の住居不定・無職の男が書類送検されています。この泥棒が狙うのは主に食料品で、警察は男が生活するために盗みを繰り返していたとみています。

さあ、この男は盗んだ食品をいったいどこで食べていたのでしょう。なんとこの男は、住之江区内のマンションの最上階と屋上をつなぐ階段部分に無断で入り込み、生活していたのです。それも配電盤から勝手に電気を引いて炊飯器で米を炊くなど、家賃を払って住んでいる他の住人に負けない文化的な暮らしをしていたといいますから驚きます。雨風をしのげるだけでなく光熱費もタダ、おまけにお腹がすいたら棟内を一回りするだけで食べ物が手に入るのですから、マンションはまさに男にとって天国だったことでしょう。

一般的にマンションの屋上には設備関係の点検など以外、一般住人は近づきません。それをいいことに男はのうのうと暮らしていたのでしょうが、もし男が電子レンジを持っていたら「チン」という音でもう少し早く見つかっていたことでしょう。（2021/07/25）

札幌リベンジャーズ

札幌市の本屋で漫画本を万引きしたとして、四十八歳の無職の男が逮捕されたというニュースがありました。この男は二〇二一年の九月二十九日午後七時前中央区の大型書店を訪れ、映画化もされた人気漫画「東京卍リベンジャーズ」の単行本四冊（販売価格計二千四十六円）を盗んでいました。その様子は店内の防犯カメラにバッチリ映っていましたが、店側が犯行に気付いたときにはもう犯人は逃げた後でした。

しかし、その三週間後の十月十九日、事態は急展開します。なんとこの無職男が何食わぬ顔をして書店に舞い戻ってきたのです。多分、前回の犯行は誰にもバレず成功したと思い、再度犯行を重ねようとでもしたのでしょう。しかし、そうは問屋が卸しません。店員が男の顔をしっかり覚えていて、すぐさま身柄を確保し警察に通報しました。

捕まえたときにも男は盗んだとみられる他のコミック数冊を持っていましたので常習犯確定です。調べに対し「売って金にして、生活の足しにしたかった」などと話していますが、二千円の本を古本として売っていったいいくらになるのでしょう。どの商品であろうと盗みはすべて悪ですが、自分が作家ということもあり、特に書籍の万引きには腹が立ちます。心血注いだ作品は我が子のようなもので、万引きはその子を誘拐されるのと同じです。そこには怒りしかありません。その思いは日々本に触れ、多くの読者を楽しませようと頑張る書店員の皆さんも同じでしょう。

今回はよく万引き犯の顔を覚えていて捕まえてくれました。盗まれっぱなしでなく再犯を企てた犯人を見事に返り討ちにした札幌の〝リベンジャーズ〟たちに拍手です。

(2021/10/22)

あまりに卑怯な男

二〇一九年四月、東京池袋で当時八十七歳の高齢者の運転する車が暴走し、幼い子供とその母親の二人が死亡し九人が負傷する事故が発生しました。

この事故はアクセルとブレーキの踏み間違いという明らかにドライバーの運転ミスが原因でしたが、加害者は当初から一貫してそれを認めず、あくまでも自動車そのものの不具合が原因で自分には一切非はないという主張を繰り返していました。被害者遺族にとってそれはどれ程辛く悔しいものだったことでしょう。謝られたからといって何も元には戻らないとは承知しつつ、それでも誠心誠意謝罪されるのとでは心理的に大きな違いがあります。

この事故は発生から二年半が経過した二〇二一年九月、加害者に禁錮五年の実刑判決が言い渡され一応の決着を見ましたが、その裏で被害者遺族の男性がもうひとつの試練を強いられていたというとんでもないニュースです。なんと男性のＴｗｉｔｔｅｒ投稿に対し「金や反響目当てで闘っているようにしか見えない」と匿名で言ってきた男がいたのです。男性が「警察に相談する」と返すと投稿主は即座にツイートを削除し、一転「許してください」、「許してもらえなければ自首します」と返してきたそうです。それに対し「では、実名を名乗りなさい」との要求には応じず連絡が途絶えました。

一連の流れからもわかるように、この男は本当に反省などしておらず、事が大きくなることに脅え謝ってなんとか逃げ切ろうとしただけです。こんな卑怯者に遠慮はいりません。警察はすでに人物を特定し取り調べを開始したようですが、きっちり刑事罰を与え民事でも思い切り賠償金を請求したらいいのです。そんな「みせしめ」のようなことを、という意見もあるでしょうが、「みせしめ」、大いに結構。こんな浅はかなことしか出来ない連中にははっきりとした結果を見せないとわからないのですから。

私がもしこの遺族の男性と直接会うことがあっても、言葉をかけることはできないでしょう。どんなにきれいな慰めや癒しの言葉を並べても、彼の大きな悲しみの前では何の力にもならないと容易に想像できるからです。そんな遺族の男性にさらに深い悲しみを与えるような行為は、絶対に許すことができません。

今回もそうですが、ＳＮＳの匿名性はなんとかならないのでしょうか。「匿名だから自由に発言できる」なんて詭弁のうえ、普段はとても言えないようなことまで言いたい放題です。それも自分の世界だけでつぶやいていればいいものを、我こそが正解とばかりに真ん中にしゃしゃり出てくるのですから困ったものです。私などはＴｗｉｔｔｅｒで一日何件も匿名のアカウントから罵詈雑言を受けています。名前も名乗れない卑怯者の癖に、上から目線で説教する御仁もいます。

今回の件で匿名であってもすぐに身元判別ができることを知って、少しは考えてくれたらいいのにと願うばかりです。

（2022/04/02）

運動量が多い体育教師

大阪の府立高校に勤務する六十三歳の男性体育教師が勤務時間中に正当な理由もなく学校を抜け出したとして懲戒免職になったというニュースが二〇二二年四月にありまし

た。

この教師は二〇二〇年四月から二〇二一年十二月にかけて百九十九回、計六百九十五時間にわたり同僚に「ちょっと家の事情で……」と言って学校を後にしていたのです。しかし、家にどうしても戻らなければならない用事なんてなく、実際には京都・河原町や大阪・天神橋筋の商店街でお買い物、京都にある東映太秦映画村で観光、さらには銭湯でリフレッシュしていました。特に映画村には六十回も通っていたといいますから、相当な時代劇好きだったようです。

昨今、学校の先生は授業だけでなく、その準備、採点や書類作成などの事務作業、クラブ活動の顧問、生徒の家庭との連絡等、いろいろな業務があり相当な時間の残業を余儀なくされていると聞きますが、こんな体育教師が現れたのでは「先生って結構ひまなんだな」と思ってしまいます。

教師の一番重要な仕事はもちろん授業です。これは生徒が相手ですから勝手に休みにはできません。にもかかわらずこの教師は担当授業のうち八十五回を「おい、ちょっとやっといてくれ」と後輩教師に一方的に押し付けていました。毎回毎回「代わってくれ」と言われても普通なら「自分の授業は自分でやってくださいよ」となるはずですが、柔道六段で強面のこの教師が怖くて誰も逆らえなかったといいますから、まるで先輩が絶対的な権力を持っていた一昔前の体育会系の部活そのものです。

今回の教師は六十三歳ということで定年を過ぎています。退職金も支給済みですから懲戒免職になったところで痛くも痒くもないでしょう。そしてさぼり始めたのは二〇二〇年四月からと、六十歳の定年になった時期と重なります。「退職金ももらったし、もう何も怖いものはない。それに給料も下がったし真面目になんかやってられない」と考えたのだとしたらとんでもないことです。「最低でも六十五歳までは働け」という国の方針があるにしても、誰でも彼でも定年再雇用するのはいかがなものでしょうか。国の未来を担う子供たちに接する学校の先生についてはなおさらです。

（2022/04/08）

党利党略私利私欲

国民民主党が二〇二二年夏の参議院議員選挙の比例区における政党の略称を「民主党」とすることに決めたというニュースがありました。この「民主党」という略称は既に立憲民主党が使うことを表明しており、参院選では昨秋の衆院選に続いてまた二つの「民主党」が一つの選挙を争うことになります。

普通に考えれば混乱を避けるためにお互い話し合い、「国民」、「立憲」と上の名称にすればいいと思うのですが、こんなことすら〝話し合い〟で解決できない連中が、外国との衝突に関して「話し合いで解決するべき」と言うのですから笑ってしまいます。

なぜどちらも「民主党」を譲らず、有権者にとってこんなわかりにくい事態が起きるのでしょう。それは両党とも自身の党名に自信と誇りがないからにほかなりません。「国民」、「立憲」とするより「民主党」にしておけば、あわよくば相手の分の票までせしめることができるという姑息な考えがあるのでしょうが、そう考える時点で有権者を冷めさせてしまうと思わないのが不思議です。

そもそも党名を書く比例区は必要なのでしょうか。「こいつだけは落選させたい」と思っていても、名簿順が上位なら通ってしまう今のシステムに納得できない有権者は多いと思います。政党は選挙区での当選も比例区での当選も国会での採択では同じ一票だと考えており、比例区を廃止する考えはないようです。百歩譲ってもし採択要員として頭数が欲しいだけなら、比例区では顔すら見えない実際の議員ではなく、ただ採択時の票数だけを割り振ったらいいのです。そうすれば歳費をはじめ無駄な費用をかけることもありません。

先の衆院選では「民主党」と書かれた投票用紙が約三百六十二万票あり、それは得票率に応じて按分され立憲（民主党）と国民（民主党）に振り分けられました。次も同じ方法が採られるようですが、本当にそれでいいのでしょうか。選挙とは本来「この人に、この政党に」と「個」を限定して投票するものなのに、按分という有権者の意思とは関係ない方法で勝手に票を振り分けるのですから、これは「民主主義」の根幹にも関わる由々しき問題です。

いずれにせよ国民をないがしろにする制度を変えようともせず、自らの損得ばかりに終始する現在の国会議員たちには与党、野党を問わず「民主」を名乗る資格はありません。

（2022/05/07）

第四章　友愛の限界

パチンコとミサイル

自身が経営するパチンコ店の客から景品を買い取ったとして、七十四歳の韓国籍の男が風営法違反（景品の買い取り）で埼玉県警に逮捕されたというニュースが二〇二一年六月にありました。

客がパチンコ店で獲得した景品をパチンコ店から独立した景品交換所が買い取り、そしてその景品をまたパチンコ店に卸す、景品が三者の間をくるくる回る、三店方式と呼ばれるなんとも奇妙なシステムにより、パチンコ店が客と直接現金のやり取りをしないことでパチンコは賭博でないとされるのですが、今回は景品交換所も男が経営していたため直接の現金授受と判断されたようです。

いくら賭博でないといっても「パチンコで二万すった」、「今日は三万の大勝ちや」などパチンコ愛好家が言うようにパチンコはどうみてもギャンブルです。ゲームセンターに行くように「今日は楽しく遊ぼう」なんて人はまずいません。ほぼ全員が「儲けてやるぞ」と勇んでパチンコ屋に向かうのです。それを三店方式なんて誰が見ても詭弁に過ぎないもので無理やり合法化していたのですから、随分といい加減な話です。

また何とも言えない気分にさせられるのは、パチンコ店の経営者の多くが今回の店主のように朝鮮、韓国籍なことです。それが悪いというわけではありませんが、日本に住んでいる外国籍の人たちが日本人から金を巻き上げているという構造は、日本人としてはあまり気分のいいものではありません。またかつてはその金の一部が朝鮮総連を通じて北朝鮮に流れていた時代もありました。

つくづく、日本人はお人よしのカモだと思い知らされます。

(2021/06/18)

韓国につきあう必要なし

訪韓中の外務省アジア大洋州局長が、ソウルで韓国側のアジア太平洋局長と元徴用工問題などについて協議したというニュースが二〇二一年六月に報じられましたが、いったい何を協議することがあったのでしょう。

その席で日本側は「日本企業が韓国内で持つ資産の現金化は絶対に避けなければならない」として、日本が受け入れ可能な解決策を韓国側が早期に示すよう要求したとありますが、別にわざわざ示してもらわなくてもよいのではないでしょうか。なぜなら、日本企業に賠償を命じた元徴用工訴訟、日本政府に賠償を命じた元慰安婦訴訟、このどちらも日本側ではすべて解決済みで今後に残した課題はいっさいなく、すべては韓国国内において処理すべきものだからです。「あとはそちらでご勝手に」で十分なのです。

百歩譲って韓国側から今までの非礼を謝罪し、問題が解決した旨の報告を受けるためならまだしも、徴用工問題、慰安婦問題には〝協議〟することは何一つありません。

韓国側は相も変わらず日本が誠意を示すことが必要との従来の主張を繰り返しています。韓国は東京オリンピックの聖火リレーの地図に「竹島」が表記されていることに不快感を示し、参加ボイコットも辞さないと因縁をつけてきましたが、日本側が相手にしないとみるや、今度は「政治とスポーツは分離する」と恥ずかしげもなくボイコットを取り下げます。日本を愛する多くの日本人が「ボイコットおおいに結構、頑張れ韓国」と応援していたのに残念なことです。

一事が万事、あわよくば要求が通れば儲けものとばかりに「言った者勝ち」を突き進む韓国とまともに向き合う必要はありません。今回も、韓国側は国内で行き詰った課題に対し、日本側に譲歩を求めるために会いたがっていたことは明白です。そんなところにのこのこ出かけるのですから、日本の官僚はどこまでお人好しなのでしょう。国民からしたら、それこそが最も『遺憾』です。

（2021/06/25）

七十六回目の終戦の日に

二〇二一年八月十五日は七十六回目の終戦の日でした。時代は昭和から平成に変わり、さらに令和となり実際に戦地に赴き戦った兵士は既に九十代後半、銃こそとらなかったものの家族を戦地に送り出し、空襲などで戦争の悲惨さ、恐ろしさを目の当たりにした人たちも同じ年代です。

私は子供の頃、祖父母や両親から戦争中のことを聞いており、実際に経験はしていませんが戦争を現実のものとして捉えることができます。私の息子もぎりぎり祖父母（私の両親）からそれらを聞いています。しかし今後十年もすれば戦争体験者のほとんどは亡くなり、実際にそれを語れる人はいなくなります。そうなれば、日本国民がごく近い祖先の体験した恐ろしい出来事を正しく認識できなくなるのではないかと心配です。

今でも若者の中には「日本が大東亜戦争で最後まで戦った国は？」と問われ、「アメリカ」と正確に答えられない人がいるといいます。アメリカは現在では経済的協力は勿論、安全保障面でも手を結び良好な友好関係にある同盟国ですから、戦争を知らない若者がそう思うのも仕方がないのかもしれません。そして誤答の中に、尖閣を虎視眈々と狙う中国、慰安婦や徴用工などで執拗に賠償を要求する韓国が多いのもまた仕方がないことでしょう。

しかし、かの大戦を経て今の日本国があることを考えれば、笑って済ますわけにはいきません。正しい歴史認識を継承していく必要があります。それを可能にするのは教育です。「六四五年に中臣鎌足、中大兄皇子による大化の改新により日本国が誕生したこと」、「鎌倉中期には一二七四年の文永の役と一二八一年の弘安の役の元寇と呼ばれる二度にわたる外国からの侵略があったこと」、「一六〇〇年関ヶ原の戦いに勝った徳川家康が江戸幕府を開き、それが二百六十年続いたこと」は、だれも目撃者から直接聞いたわけでもないのに知っています。なぜなら学校で教えているからです。それも年号まで暗記させる徹底ぶりです。それに対して近代史は過去から順に学ぶ最後にあたり、どこの学校も学年末ということもあり、おざなりに済ませています。わずか三年八ヶ月の間に三百十万人もの日本人が命を落とした戦争を知らずして、どうして今の日本国を語ることができるでしょう。私は逆に現在から過去に遡っていく学習法の方がいいのではないかとすら思います。明治から昭和にかけ、世界に向けて日本国が最も大きく動いた時代のことこそ日本人として〝正しく〟知っておかなければならないのです。（2021/08/20）

中国が暴力反対という不思議

中国の動画サイトで、日本の特撮ドラマ「ウルトラマンティガ」の中国語版が一斉に視聴できなくなったというニュースが二〇二一年九月にありました。

日本のアニメや特撮物は洋の東西を問わず人気で、世界中の子供たちを魅了しています。そんな娯楽作品が排除された理由は、どうやら監督官庁の国家ラジオテレビ総局幹部が発した「暴力的な内容を含むアニメなどの配信停止」を求める言葉に対し、サイト側が自主規制したようなのです。その背景には二〇二一年四月に公表された江蘇省消費者権益保護委員会の報告書の中にある、未成年の成長に有害な「暴力的・犯罪的要素が多い作品」として「ティガ」が第四位に挙げられていたことがあります。

かつて日本でもＰＴＡ全国協議会が「子供に見せたくないワースト番組」を発表していました。その中には当時、子供に大人気だった「8時だョ！　全員集合」もありました。ＰＴＡとしては加藤茶さんが番組内で発する「ちんちん」や「うんこ」が我慢ならなかったのでしょうが、昔も今も子供は「ちんちん」や「うんこ」が大好きです。テレビ局に抗議すると共にスポンサーへ不買運動などの圧力を掛けましたが、一本の苦情電話に右往左往する現代と違って、当時のテレビマンは自分の作る番組に誇りを持っていたのでしょう、高視聴率にも後押しされ放送中止要求に屈することはありませんでした。

暴力的なシーンといえば日本のＰＴＡももちろんそれを嫌い、そんな番組を排除しようとしましたが、それでも特撮物が槍玉に挙げられることはありませんでした。なぜならそこには必ずテーマとして「愛と正義」があり、むやみやたらと戦っていたわけではないことを理解していたからです。

たしかにいつの時代であっても暴力的なものは気分のいいものではありません。しかし、よくそれを中国が言えたものです。ウルトラマンはあくまでも架空のものですが、中国は新疆ウイグル自治区弾圧という非人道的な暴力行為を二十一世紀の今、現実の世界で行なっているのです。子供は大人の背中を見ています。自己の欲望のためなら「暴力的・犯罪的要素が多い」手段も辞さない姿勢こそ、子供たちに悪影響でしょう。

ちなみに有害番組の第二位は「名探偵コナン」です。どうもこの国が恐れているのは、国民が「正義のために戦うこと」、「真実を追究すること」のようです。

（2021/10/02）

拉致問題を軽視する国会議員

政治家の暴言、失言には今さら驚きはしませんが、立憲民主党の生方幸夫衆院議員が発した「拉致被害者」に関する発言だけは、日本人として絶対に許すことはできません。

生方氏は二〇二一年九月二十三日に地元千葉県で開かれた会合において、あろうことか壇上から「拉致問題は本当にあるのか、ないんじゃないか」、「横田めぐみさんが生きているとは誰も思っていない、自民党の議員も」、「生きているなら帰す、帰さない理由がまったくない」などと言い放ったのです。

主に日本海側の海岸から北朝鮮工作員によって日本人が連れ去られ、帰国もままならない状況になっていることは周知の事実です。そして、その人数は未確認のものも含めると最大で九百名を超す可能性さえあるのです。多くの国民が一日も早い被害者奪還を願う中、「そんなの無理だ」、「そもそも拉致なんてない」なんて、それも率先して救出に尽力しなければならない国会議員が言うのですからどうしようもありません。

生方氏の一連の発言は「家族会のみなさんが悲しむからひどい」などという感情論的な問題ではなく、日本国という独立国の根幹に関わるものです。国家にとって一番大切なものは国民です。国家はいかなるときも自国の国民の生命財産を守る義務を負います。それを国民の代表で国を動かす『国会議員』が放棄したのですから、国民からすれば見捨てられたも同然です。こんな国会議員は一人たりともいてもらっては困ります。立憲民主党はすぐさま生方氏を除名し議員を辞めさせるべきです。なにより生方氏は個人が選挙で選ばれたわけではなく、立憲民主党比例代表南関東ブロック選出の議員ですから、彼を辞めさせないことは党も同じ考えだと宣言したのも同じです。

今回の発言は、もはや失言の域を超えた、国家、国民に対する冒瀆ともいうべきものです。これほどまでにひどい発言でありながら、いつもは大騒ぎする野党やマスコミの静けさは異常です。「北方領土を取り返すには戦争しかないのでは」と言った丸山穂高議員のときと大違いです。あのとき野党は共同で議員辞職勧告決議案を衆議院に提出して彼を葬り去ろうとし、マスコミは連日それを煽りました。

丸山氏の発言はたしかにTPOをわきまえない不適切なものでしたが、その本質はあながち間違っていません。なにより丸山氏には、国のため、国民のためという思いがありました。しかし、生方氏の発言はその正反対です。二〇一四年、日朝首脳会談で北朝鮮が拉致を認めて謝罪し五人の被害者が帰国を果たした事実を認めないばかりか、「一時帰国後に北朝鮮に戻さなかった約束違反が悪い」とまで言って北朝鮮を庇うのですから、彼が日本国民より大事にしたいものが何かは明らかです。

生方議員は批判が起きると多くの議員がそうするように、すぐさまお決まりの謝罪で幕引きを図ろうとしましたが、自らが自信を持って発言した「そう思っている自民党議員」は誰なのか、また「生きていないと言い切れるだけの北朝鮮からの情報」の出所を明確にせずして、世間が納得することはないでしょう。

もっとも私は氏がどれだけ謝罪し悔いたところで、一連の発言を許すことは絶対にできません。批判を覚悟で言わせてもらうと「戦争をしてでも拉致被害者を取り戻したい」、そう思っている日本人は多いのではないでしょうか。

(2021/10/15)

媚中を憂う

アメリカ合衆国が二〇二二年二月に中国で開催予定の冬季オリンピック北京大会に対

し「外交的ボイコット」を検討しているというニュースがありました。アメリカは中国当局が新疆ウイグル自治区で行なっている不当な弾圧を問題視しているのです。そこでは当局によって一千万人を超える人たちが拘束され強制労働を強いられているだけでなく、強姦や臓器取り出しなど人権をまったく無視した鬼畜のような所業が横行しています。

　この事実に世界の国々は抗議の声をあげていますが、アメリカの同盟国であるわが国の首相は「それぞれの国でそれぞれの立場がある、日本は日本の立場で考える」と相変わらずのらりくらりとした対応です。日本の立場と言うならば、日本はアメリカよりもっと強いボイコットの意思表示をしなければならないはずです。なぜなら沖縄県の尖閣諸島沖で中国海警局の公船が連日にわたって領海侵入を繰り返しているだけでなく、ついに中国軍艦までもが鹿児島県屋久島南方の我が国領海に侵入したからです。漁船が誤って迷い込んだのとはわけが違います。中国の軍艦が堂々と我が国領海を航行したのです。

　この由々しき事態に日本政府はいつものように外交ルートを通じて「遺憾です」というだけなのですから、あまりの弱腰に呆れてしまいます。それとも政府関係者は強く出られない弱みでも握られているのでしょうか。さらに私が気に入らないのは、この一大事にマスコミが無視を決め込んでいることです。彼らは真っ当な日本人が中国を批難する、嫌いになる材料は、それが事実であってもすべて隠すつもりのようです。

残念ながら現在のわが国には親中、いや媚中ともいうべき議員が多くいます。世論をリードするマスコミ、国の進む方向を決める国会議員がこれでは、日本の未来は真っ暗です。こんなことでは日本は近い将来、第二のウイグルになりかねません。それだけは絶対に避けねばなりませんが、その第一歩ともいうべき「外交的ボイコット」を、果たして現政権が決断できるのか見ものです。

「外交的ボイコット」となれば、政府要人は訪中できなくなります。要人のみなさんはそれだけはどうしても避けたいようですが、そんなに中国に行けば〝いいこと〟があるのでしょうか。


（2021/11/26）

国家の名誉

自民党の高市早苗政調会長が衆院予算委員会で、二〇二三年の世界文化遺産登録をめざす佐渡金山遺跡について「国家の名誉に関わる。必ず今年度にユネスコに推薦すべきだ」と政府に求めたというニュースが二〇二二年一月にありました。

佐渡金山とは新潟県佐渡島にある金鉱山と銀鉱山のことで、平安時代以前から西三川砂金山で採掘が始まり一九八九年の相川金銀山閉山まで続きました。そんな歴史のある金山遺構を世界文化遺産に登録しようと関係者が考えるのは当然です。なぜなら、登録が決まればその経済波及効果が約五百二十億円にもなり、地元の佐渡市への税収効果は七億九千六百万円と試算されているのですから。

今回、なぜ高市氏が予算委員会という公の場で話題にしたのかというと、そこにはとんでもない理由がありました。なんと、日本が佐渡金山の登録をユネスコへ推薦しようとしていることを聞きつけた韓国が「佐渡では戦時中に朝鮮半島出身者の強制労働があった」と因縁をつけ選定の撤回を求めたことに対し、腰抜け政府が言われるまま推薦を見送ろうとしていたからです。

韓国が国内世論を味方につけるため日本を貶めようとするのはいつものことで、そのための常套手段が過去の間違った歴史を世界に吹聴することです。佐渡では江戸時代に島流しの罪人や無宿人が過酷な労働を強いられた事実があります。しかしそれはほんの短い期間で、その人数も限られており、韓国の言う戦時中には強制労働なんて皆無です。たしかに戦時中にも多くの労働者が佐渡に渡っており、その中に韓国人がいたかもしれません。しかし、その人たちは自らすすんで鉱夫に応募し、一般の人より遥かに高い報酬を与えられていました。こうした労働者のどこが「強制労働」なのでしょう。

これは慰安婦にも同じことが言えます。当時の社会的状況で〝売春業〟に就いた女性を、韓国は国を挙げて悲劇のヒロインに仕立て上げたのです。それに日本はまんまとのせられ補償金、解決金の名目で莫大な金額を支払いました。韓国はそれに味をしめ、「日本は脅せばすぐに言うことを聞く」と同じことを繰り返すのです。

波風立てたくない弱腰外交がここまで韓国を増長させてしまいました。世界の人たちはそんな日本をどのように見ているのか。「日本はなんて穏便で心優しい国なのでしょう」なんて思うはずがありません。「すべて韓国の言う通りだから従うしかないのだろう」となるのです。相手が怒ろうが泣こうが喚こうが、理不尽な要求を毅然として突っぱねることは独立国として当然のことです。さもなくば、それこそ高市氏の言う通り「国家の名誉」を損なうことになりかねません。

（2022/01/28）

「猫の日」に怒る

二月二十二日は二が続くニャンニャンということで猫の日だそうです。ペット業界はここぞとばかりに商機に走ったようで、朝から猫一色のテレビを見ながら私は一抹の不安を覚えました。「これだけ大騒ぎすれば多くの人は猫の日を認知するだろう。しかしその一方で、二月二十二日が竹島の日であることを果たしてどれくらいの人が知っているのか」と。

二月二十二日、松江市内で島根県主催の竹島の日式典が開かれたというニュースがありました。例年五百名ほどの出席者がいるところを、今年はコロナの影響で規模を縮小し八十五名まで絞ったようです。それはいいとして、問題はここからです。政府関係からは小寺内閣府大臣政務官ただ一人しか参加しなかったというではありませんか。

島根県は毎年式典開催に際し、首相をはじめ閣僚にも招待状を送っています。しかし日韓対立が続く中「自分が出席してさらに関係が悪化するのははかなわん」と十年も閣僚クラスの参加が見送られています。竹島問題は日本と韓国の問題のはずが、この政府の対応を見ていると、韓国と島根県の問題と考えているのかとさえ感じてしまいます。

竹島は国際法上でも間違いなく日本の領土です。しかし、現実は韓国が一九五三年四月から七十年も島に入り込み実効支配を続けているのです。これは自分の家と隣家の間の自分の土地に隣家が勝手に家庭菜園を作り、物置を設置し番犬の小屋を置いているようなものです。その土地を見た近所の人十人が十人ともに隣家の持ち物だと疑わないでしょう。そんな人を呼び止め「実はあそこはうちの土地なんですわ、勝手に入り込んでこられて困ってるんです」と言ったところで「そんなのすぐに出て行け、あるいは強制撤去で終わりじゃない」と思われるのがオチです。さらに「そう言わないのはなにか後ろめたさがあるに違いない、そもそも本当に自分の土地かも怪しいものだ」となるでしょう。

韓国では学校でも徹底した独島（竹島）教育が行なわれています。もっともその内容は韓国の一方的な言い分ばかりを並べた、とても国際法的に認められるものではありませんが。それでも子供までが「独島は韓国のものだ」と声高に叫ぶ韓国に対し、「竹島ってなに？」「二月二十二日は猫の日でーす」の日本。これでいいのでしょうか。

そもそも二月二十二日が「竹島の日」と制定されたのは島根県条例によるものです。県は再三にわたり影響力の強い政府制定を要請していますが、政府は一向に動こうとしません。それだけでも政府の本気度は疑わしいものです。「竹島はわが国固有の領土で……」と言うのは簡単です。あまりにもお粗末な「竹島の日」の扱いに、がっかりした一日でした。

（2022/03/24）

第五章　現実は時に想像力の先を行く

塀の中の懲りない面々

京都市山科区にある「京都刑務所」で、刑務官が複数の受刑者に対し〝一発芸〟を強要していたというニュースが二〇二一年八月にありました。

京都刑務所では受刑者に対し持ち点を与え、大声を出すなどの問題行為があったときには減点し「テレビを見せない」などの罰を与えるとしていたようで、この刑務官は規則で定められていたマスクがずれ、鼻が出ていた受刑者に対して、「減点されたくなければ一発芸をしろ」などと言って、女優や怪獣の真似をさせたということです。

刑務所で喧嘩などの〝問題行動〟を起こせば独房に入れられるなどの懲罰があるのは知っていましたが、点数制により「テレビを見せない」なんて高校の寮のような罰があるなんて初めて知りました。さらにその判断が刑務官に一任され、個人の匙加減でどうにでもなるものだったなんて、〝塀の中〟のこととはいえ驚くばかりです。

私は「受刑者もひとりの人間だから対等の立場で」などと言うつもりはありません。罪を犯して刑務所に入れられているのですから、そこでの生活には一定の制約があり指示命令に従う義務があるのは当然です。しかし、そこで気を付けなければならないのは、指示命令を出す側の人間が勘違いをしないようにすることです。

刑務官という立場が得ている権利を、往々にして自分の力と思ってしまう者がいるのは困ったものです。それが「ゴジラが出てきたところで、びっくりするものまねをしろ」なんて、まったく個人の趣味嗜好を満たすためだけの言動につながるのです。受刑者より上の立場にいられるのは、その権利を預かっているだけで決して自身の本来の姿でないことを承知の上で、ルールに従って粛々と業務を遂行することこそが最も重要なことです。

京都刑務所は、関係者に謝罪して刑務官を注意したということですが、ここでいう関係者とはいったい誰でしょう。もし京都刑務所に今でも収監されている受刑者だったとしたら、刑務所内の秩序を維持するためにも、即刻この刑務官を異動させるべきです。

一度頭を下げた刑務官の言うことを、すべての受刑者がまともに聞くとは到底思えませんから。

(2021/08/13)

これは事件なのだろうか

私は小説家ですから、読解力はもちろん想像力も人並み以上にあると自負していますが、そんな私をもってしても理解に苦しむニュースです。

北海道深川市のアパートに住む二十二歳のパチンコ店従業員の男が、同居している三十代の交際女性のおしりを蹴ったとして、二〇二一年九月、暴行の現行犯で逮捕されました。昔は暴行事件といえば他人に対する犯罪で、友人や恋人間のものは〝喧嘩〟として逮捕に至ることはまれでした。しかし、最近では暴行の度合いが激しくなり、たとえ家族であってもDV(ドメスティックバイオレンス)として警察が介入することも珍しくありません。

それにしても、今回はただおしりを蹴っただけです。二つに割れたおしりがさらに四つに割れるほど強く蹴ったのか、あるいはその行為によほど頭にきた被害女性が「絶対に許さん」と訴えたのか――と思いきや、なんと男が自ら「同居している人と揉めている」と警察に通報したといいますから、わけがわかりません。責められている方が助けを求めるならまだしも、加害者が「なんとかして」とはどういうことでしょう。自分さえ暴力を振るわなければ収まる騒ぎに、いちいち呼び出される警察は堪ったものではありません。

さらに驚くのは、暴行にいたった原因です。なんと二人は別々の部屋からＬＩＮＥを使ってやりとりしている最中に揉めてしまったというのですから、私にはもうお手上げです。なぜ、同居している恋人同士の二人が、わざわざＬＩＮＥで会話をするのでしょう。話があるならドアを開けたらいいだけじゃないですか。ＳＮＳ全盛の現代は、私の知らないうちに直接しゃべってはいけない決まりでも出来たのでしょうか。

最近の若い人は器用に片手でスマホ画面を操作し、素早く文字を打ち込めるようですが、それでも喋るスピードの比ではないでしょう。私ならその時間がもったいなくてとても辛抱できません。

調べに対し男は「タバコを切らしていて、一日中イライラしていた」と供述しているようですが、ツッコミどころ満載のこのニュース記事を読む私の方がよっぽどイライラしました。

（2021/09/12）

酔っていたのは誰なのだ

新岩国発新大阪行きの山陽新幹線こだま838号が、新岩国——広島間で運休したというニュースが二〇二一年九月にありました。その理由をJR西日本は、出勤時の検査で呼気から基準値を超えるアルコールが検知された、この列車に乗務予定だった六十代の男性運転士と三十代の女性車掌の代替要員を手配するのに手間取ったためとしています。

この列車は午前六時三十八分に新岩国駅を出発する予定で、二人はそれに備えて前日には新岩国駅構内の宿泊所に泊まっていました。運輸会社では身体にアルコールが残った状態での乗務を避けるため、内規により酒を飲んでも構わない期限を設定しています。それは乗務前十二時間であったり二十四時間であったり、会社によって違いはありますが、絶対に酔っていない状態を求めていることだけは各社共通です。それでもその禁を破って酒を飲む者がいるのは残念なことです。

最近も期限を越えて飲酒していた乗務員が、替え玉検査ですり抜けようとして処分された事例がありました。このように身に覚えのある者は、検査をごまかそうとしたり、

「もうアルコールは抜けたと思った」などと言い訳をするものですが、今回の二人は一貫して「酒は飲んでいない」と前日の飲酒を否定していました。

私はこのニュースを最初に見たとき、二人がウソをついているとは思えませんでした。なぜなら検査は決して抜き打ちなどではなく、毎回行われることはわかっています。もし本当に飲んでいたのなら、これほどまでに堂々と検査に臨むとは思えなかったからです。それではなぜアルコール反応がでたのでしょうか。自動車の飲酒検問でも少量の酒なら反応しない人がいる一方、奈良漬けを食べても反応する人がいます。個人の体質により反応に差異があるのです。それにしても二人がそろって飲酒反応とは……と不思議に思っていたところ、その後の調査で、ロッカー内で保管していた検査機に漏れた消毒用アルコールが付着しており、それで誤反応を起こしていたことがわかりました。アルコールに酔っていたのは、検査される人間でなく検査機自体だったのです。

真相が解明され、疑われた二人はさぞかしホッとしたことでしょう。私たちは普段、何気なく交通機関を利用していますが、運輸会社は事故防止のため日々たゆまぬ努力を続けています。予定していた列車に乗れなかった乗客は災難でしたが、安全を最優先するため二人を乗務から外したＪＲを責めることはできません。

（2021/10/02）

知らぬが仏

大阪大学付属病院の一部施設で、本来はトイレの洗浄や空調の冷却に使う井戸水を二十八年間にわたって水道水として使っていたことがわかったというニュースが二〇二一年十月にありました。

阪大病院は平成五年五月に完成した際、院内で飲用や洗浄に使用する水には高度処理した井戸水に吹田市から供給される水を混ぜたもの、それとは別にトイレの洗浄や空調の冷却などには簡易処理しただけの井戸水を充てることとしていました。ところが施工時の配管工事にミスがあり、ただの井戸水が水道水とされていたのです。

「うわっ、知らずにずっと井戸水を飲んでいたよ」と憤慨している人もいるでしょうが、実際のところはそんなに心配する必要はなさそうです。なぜなら井戸水といっても病院では毎週水質検査をしており、有害物質が検出されたことは一度もなかったからです。

今後、誤接続された水の飲用使用を停止し配管工事のやり直しなどを検討しているそうですが、問題ないのであればこのままでもいいのでは——と言ったら無責任過ぎるでしょうか。

自然に溜まった井戸水より人工的処理を施した上水道水の方が〝きれい〟と多くの人が感じる一方、〝南アルプスの天然水〟や〝六甲のおいしい水〟など自然の水には高い金を払うのですからおかしなものです。「知らぬが仏」とはよく言ったもので、気が付かなければ何事もなく過ごせたものも、ひとたび間違っていた事実が発覚すると大騒ぎです。それとは別に「病は気から」とも言いますから、井戸水を飲んでいた人の中には急にお腹が痛くなる人がいるかもしれません。しかし、そんなに慌てる必要はないでしょう。なにしろそこは病院ですから。

(2021/11/05)

志がファジーだから

葬儀会社に勤める五十八歳の女性社員が、僧侶に渡すお布施から現金を抜き取ったとして逮捕されたというニュースが二〇二一年十月にありました。

この女は十月五日に営まれたお通夜で、親族から預かった三十万円のうち十万円をちょろまかして何食わぬ顔で残りの二十万円を渡していたのです。受け取った僧侶が事前に決められた三十万円ではなく二十万円だったことを不審に思い、「おかしいのではないか」と指摘したことで、今回の犯行が発覚しました。

江戸時代以降、わが国では決まった寺に葬式や先祖供養を一切合切執り行ってもらう、いわゆる檀家制度により、各家と寺との密な付き合いが始まりました。しかし、これは生まれてから死ぬまで同じ土地で暮らすことが前提で、現代のように人々が全国に自由に居を移すようになると、法事だからといって遠方のお寺さんに来てもらうわけにはいきません。さらに核家族化で家に仏壇もないとなれば、お寺との付き合いも、それこそ葬式でしかお坊さんに会わないなんてことにもなります。

そうなると困るのがお布施の金額です。定期的な支出でないだけでなく、喪主なんて人生で何回もするものではないので、相場がわかりません。もちろんインターネットで調べることもできますが、そこにあるのは「二十万から五十万、あるいはそれ以上」など全く参考にならないものばかりです。いちばん確実なのはお坊さんに「いくらですか？」と聞けばいいのですが、寺側は「いくらでも、志で」とはっきり言ってくれません。そこで葬儀屋さんに尋ねることになるのですが、今回のような事件があると、どうしても疑心暗鬼になってしまいます。

コロナ禍で大きなお葬式は激減し、〝家族葬〟と呼ばれる少人数の葬儀が主流となっています。たくさんの会葬者が来るとなると、見栄もあり一回り大きい祭壇にしようとするものですが、身内だけならそれもなく、一回の葬儀で数百万の売り上げがあったものが、今やその半分、あるいは三分の一以下にしかならないようです。

それだけに多くの葬儀会社は、確実に顧客を確保しようと低価格路線を打ち出しています。そのうちお寺も「通夜の読経〇〇万円、告別式〇〇万円、彼岸法要〇〇万円」など明朗会計システムになるのかもしれません。

(2021/11/05)

なめられている警察

車両を移送中の警察の車列が、何者かによって襲われるという前代未聞の事件が大阪で発生しました。

このハリウッド映画さながらの出来事は、二〇二一年十月二十一日午後十一時前に警察が車上荒らしの証拠品として押さえていた乗用車をレッカー車で運んでいたとき、その前後をパトカーと警察車両で挟んでいたにもかかわらず、いきなり現れた三台の車に分乗した犯人に停止させられ押収車の中にあった荷物を奪われたものです。

ただ映画と違っていたのは、映画なら犯人の思いのままにさせじと警官が発砲し銃撃戦が始まるところですが、今回の警官たちは突然の出来事になす術もなく現場の大阪市阿倍野区には一発の銃声も響かず、犯人たちがいとも簡単に目的の品を手に入れ去って行ったことです。

彼らが明らかにそこには警官がいるとわかっているのに、それでも突入して取り戻したかったものとはいったい何だったのでしょう。それが警察の手に落ちると、車上狙いグループにとって致命的なダメージを受けるものだったことは間違いありません。しかし、それも奪われた今となってはすぐに処分されたでしょうから永久に解明されることはないでしょう。

それにしても、大阪府警もよく押収車両に証拠品を積んだまま、ドアロックもせずに移送していたものです。まさか警察の自分たちに犯人が立ち向かってくるとは思ってもいなかったとしたら、傲慢すぎます。

この大失態の背景に、警察の油断があったことは間違いありません。しかし、警察ばかりを責めるわけにはいきません。なぜなら日本では警官が発砲しようものならすぐさま非難の声が上がるからです。街中で包丁を振り回す異常者を制止するために撃ったとしても、その後に必ず「銃の使用は適切であった」なんて言わなければなりません。そうしなければ「間違えて一般人に当たったらどうするんだ」などと言いがかりをつける者が現れるからです。逃走犯を一撃で仕留めるなんて刑事ドラマの中だけで、実際の警官はいざ銃を使う際には二重三重の安全ロックを外し、さらに空に向けて威嚇射撃をしなければいけないのですから「待て、止まらないと撃つぞ」と言ったところで、撃ってこないとわかっている犯人が止まるわけがありません。

さらに怪しい車両に停止を求めて猛スピードで逃げられた場合、とりあえずは追跡しても、それが長時間になれば「これ以上追いかけたら危険」として途中で確保を諦めるのですから、逃走車は「もう少し頑張れば逃げ通せる」と考え、絶対に止まりません。すべては善良な市民の安全のためでしょうが、凶悪犯罪が増えている昨今、もう少し強硬にでてもいいのではないでしょうか。警察が犯人になめられているようでは、安寧秩序は保たれません。

市民に優しい警察は大歓迎ですが、悪党にも優しい警察では困ります。　(2021/11/05)

八百四十二は注意の回数

ごみ置き場にあったアルミ缶を黙って持ち去ったとして、熊本県警に五十二歳の中国籍の女が市廃棄物処理条例違反の疑いで現行犯逮捕されたというニュースが二〇二一年十一月にありました。

捨ててあるものを持ち帰ることがどうして罪になるのかというと、アルミやガラスは再利用されるからです。それらは決してごみなどでなく、立派な〝資源〟なのです。ですからその集積場は「ごみ置き場」であって「ごみ捨て場」ではありません。ちなみに「ごみ置き場」にある生ごみは、回収後に燃やすだけですので持ち帰っても罪に問われることはないようですが、そんなものを欲しがる人もいないでしょう。

先ほどアルミ缶は〝資源〟だと言いましたが、資源は金になります。この女も「売却して生活費に充てるつもりだった」と容疑を認めています。もっとも女にはほかにも素直に容疑を認めなければならない理由がありました。それは女が十年以上前から同様の行為を繰り返す常習犯だとバレていたことです。持ち去る瞬間を何度も目撃されており、そのたびに「勝手に持って行くな」と注意を受けていました。その数、数年間で八百四十二回といいますから、言われる方も大概ですが、言う方もどれだけ気が長いのでしょう。

市は口頭注意のほかに文書でも警告をしていたようですが、女の行為は一向に止むことがありませんでした。まあ、それもそうでしょう。なにしろ注意はされてもそのときだけ「はい、はい」とおとなしく聞いていれば、その後には何のお咎めもなく終わるのですから、女がなめてかかるのも当然です。

〝タバコのポイ捨て〟、〝自転車の信号無視〟、法令や条例違反にもかかわらず、そのほとんどが注意だけで終わっているのが現状です。これではとても著しい改善なんて望めません。本当にその違反行為をやめさせたいのなら、毅然とした対応こそが一番の近道です。

今回の事件は本気度の極めて低い行政の曖昧な態度が招いたものといってもいいでしょう。今ごろ女は「なぜ八百四十二回は良くて八百四十三回目はダメだったんだろう」と不思議に思っているかもしれません。

(2021/11/12)

一円のラブレター

映画「マリリンに逢いたい」は、沖縄の阿嘉島の民宿で飼われていた雄犬シロが、対岸の座間味島にいる恋人の雌犬マリリンに逢うために毎日海を泳いで渡った実話を基にしたものです。男は好きな女性のためにはどんな危険も顧みず、また己の持てるすべての知識、能力を駆使して近づこうとするものですが、とんでもない方法を編み出した男がいました。

二〇二一年十一月、兵庫県警尼崎東署にストーカー規制法違反の疑いで逮捕された五十五歳の板金設計業の男は、電話にも出てくれない、手紙も受け取ってもらえないなどまったく相手にしてくれない三十九歳のホステス女性に想いを伝えるのに、なんと銀行振り込みの摘要欄を使うことを思いついたのです。

男は女性の口座に十数回に渡ってお金を振り込む都度、その摘要欄に「ハナシシヨウ（話しよう）」など好意を伝える言葉を記入していました。しかし、依然として女性は振り向いてくれません。それもそのはず、男が振り込む額は毎回一円だったからです。いくら摘要欄を使いたいがためだけに銀行振り込みを利用していたとしても、たったの一円とはあまりにもしみったれています。どれだけ頭をひねって愛の言葉を書き込んでも、これでは嫌ってくれと言っているのと同じです。女性は執拗なささやきと共に毎日一円ずつ増える残高を、どれほど気持ち悪く感じていたことでしょう。

そして一向に進展しない状況に業を煮やした男の摘要欄の文言は、可愛さ余って憎さ百倍、愛の言葉から「カネカエセ（金返せ）」など攻撃的なものに変わっていきました。金返せといってもそれは男が一方的に振り込んだものです。それもたかだか十数円です。女性にしたらすぐにでも叩き返したいところでしょうが、顔も見たくない相手に返すには振り込みしかありません。そのために十数円よりはるかに高い振り込み手数料を払うなんて、納得いかないでしょう。

その後、男が女性宅に押し掛けるなど行為がエスカレートし、女性が同署に相談したことで逮捕となりました。それにしてもなんとも哀れな男です。愛の言葉なんてなくても毎回百万円ずつ振り込んでいたら、黙っていても相手の方から連絡がきたでしょうに。

(2021/11/19)

素早く動く落とし物

二〇二一年十二月五日の日曜日、北九州市八幡西区の住宅街を流れる川で市民を巻き込む大騒動がありました。その主役はカピバラです。カピバラとは熱帯の水辺に生息するネズミ科の動物で、体長百~百三十五センチ、体重三十五~六十五キロとネズミの仲間では最大です。そんなカピバラが突然住宅街に現れたのですから大変です。

通報を受けた警察官が追いかけ何とか捕まえようとするも、なにしろ相手は水を得意とする動物です。捕まりそうになると素早く川に潜り、その姿はまるで追っ手をあざ笑っているかのようでした。その後、もう少しというところで取り逃がすのを繰り返したところで、陸の上からでは埒が明かぬと意を決した警官がおもむろに制服を脱ぎ捨て、川に入って追い詰めたことで、ようやく三十分以上にわたる大捕物劇が幕を閉じました。

　カピバラによく似た動物にヌートリアがいます。こちらは戦地に赴く兵士の外套にその毛皮を利用するため、一九三九年に初めてフランスから百五十頭が輸入され、終戦までに西日本を中心に四万頭も飼育されていました。その後、飼育場から逃げ出したり戦争が終わって無用となったため野に放たれたヌートリアが自然繁殖を繰り返し、あたかも大昔からそこにいたかのように日本の水辺に住みついたのです。ですから一般的に見かける「大きなネズミ」はほとんどがヌートリアで、カピバラは動物園以外で目にすることはほとんどありません。

　では、今回捕まったカピバラはいったいどこから来たのでしょう。その答えはすぐにわかりました。捕まえた警察官がこのカピバラをどうしたものかと、藁にも縋る思いで警察のデータベースに照会したところ「十月十七日　遺失物　種別：カピバラ」とヒットしたのです。なんとこのカピバラは〝落とし物〟だったのです。

　ハムスターやハツカネズミなど小さなものからカピバラまで、すべてのネズミはペットにしてもよく、その飼育に関しては危険動物にあるような登録や許可は必要ありません。ですからカピバラも普通にペットショップで売られているそうです。ペットは家族と同じと言われます。「それを落とし物扱いとは」という声もあるでしょうが、「尋ね人」であろうと「遺失物」であろうと、目的は無事に帰ってきてくれることです。一ヶ月半前に届け出た飼い主は、さぞかし安堵していることでしょう。

今後は街中の電柱に「迷い犬」ならぬ「迷いカピバラ」の掲示が貼りだされるようになるかもしれません。

（2021/12/10）

火葬場の財宝

不貞の罪に問われた男女を取り調べたとき「三十歳も年上の女の誘いに乗ってしまった」という男の供述に納得がいかなかった江戸・南町奉行の大岡越前守は、自分の母親に「女性はいくつまで性欲があるのですか」と訊ねました。

それに対し母親は何も答えず、ただ火鉢の中の灰をならし暗に「女は灰になるまで」、すなわち「死ぬまで」と伝えたといいます。実の息子からそんなことを聞かれた母親もさぞかし慌てたことだと思います。まさか「母ちゃんもまだまだ現役よ」なんて言えるわけもなく、精一杯の答えが火鉢の灰だったのでしょう。

亡骸をそのまま土に埋める土葬、海に遺灰を流す水葬、野山に遺体を置き鳥にその処理を委ねる鳥葬など死者を送る方法はいろいろですが、火葬が主の我が国だからこそ「灰になるのは死んだとき」と理解ができたのです。

熊本市が、市の運営する火葬場で出る残骨灰に含まれていた金や銀、プラチナなど有価物を売却することにしたというニュースが二〇二一年十二月にありました。有価物の総重量は四十六・八キロで、時価総額は約一億四千万円といいますから結構な額です。その内訳は金七・五キロ、銀二十九・三キロ、プラチナ〇・一キロ、パラジウム九・九キロとなっています。

火葬場で焼かれた遺体は骨だけになり、遺族がその骨を骨壺に入れて持ち帰り、後日それを墓に納めて一連の弔いの儀式は終わるのですが、その骨壺への骨の収め方は東日本と西日本で異なります。東では頭の先からつま先まで目に見えるすべての骨を、そして崩れた骨はそれこそ灰とともにすくってでも持ち帰ります。

この全部収骨に対し、西では部分収骨といって頭なら頭蓋骨の一部、腕なら上腕骨の一部、足なら大腿骨の一部というように全体の一部だけの収骨にとどまります。そして残った骨や灰は火葬場が丁重に供養し処理するのですが、その中に「お宝」が含まれているというのです。

そうはいってても人体が自然に金や銀を作り出すなんてことはもちろんなく、そのもとは歯の治療で使われた金属です。現代では保険適用にこだわらなければ歯の治療は色味に違和感がない「セラミック」が主流となっていますが、かつては「金歯」がその役を担っていました。ニヤッと笑ったときに金歯がピカーッなんて、今思うとてもカッコいいものではありませんが、当時は「金歯」は金持ちの象徴で、中には前歯全部が金の、まるで獅子舞のようなおばさんもいたものです。そんな人は「虎は死して皮を残す」ならぬ「ばあさん死んで金《きん》残す」だったのです。

そんな金が今回火葬場から蘇るのです。もっとも金や銀などの宝は残せなくても、生きているうちは治療の必要のない健康な身体がなによりの宝なのは言うまでもありません。

（2021/12/17）

ラクダの美貌

広大な砂漠をゆっくりと進むキャラバン隊、夕日が作る長い影にはふたつの丸いこぶ。サウジアラビアでイメージするのは、やはり石油とラクダでしょう。首都リヤド郊外で開催されたアブドルアジズ国王キャメル・フェスティバルの人気企画「美ラクダコンテスト」で失格者が続出したというニュースが二〇二一年十二月にありました。

このコンテストは日本でも行われている理想的な犬を選ぶ「ドッグショー」や、美人を探す「ミスコン」と同様、ラクダの美しさを競うコンテストです。ラクダに馴染みがない日本人から見たら、どのラクダも同じにしか見えませんが、身近にラクダがいる生活では、「おっ、このラクダなかなか可愛い顔しているね」、「あのラクダなんと素晴らしいスタイルなのでしょう」なんて会話が日常的なのかもしれません。成績上位者に贈られる賞金総額は六千六百万ドル、日本円で約七十五億円といいますから、流石の金持ち産油国です。

賞金が高額なだけに、参加者はなんとか上位に食い込もうと必死です。そのため少しでも美しく見せるために、ラクダにボトックス注射をするなどの「整形」を行ったことが今回問題視されたのです。この大会では毎年「整形」が見つかっていましたが、今年は主催者がつかんでいるだけで百四十七件にも膨れ上がりました。その内容は前述のボトックス注射のほかに、外見を補正するためラクダの体内にシリコンや詰め物を挿入したり、ゴムバンドを使って体の部位を膨らませるなど、多岐にわたっています。その結果四十三名もの出場者が失格になったのですから、この大会では「整形」が常態化していたのでしょう。

人間は自らの意思で「整形」をします。その結果、自身が求める「美」が手に入るのですから満足でしょうが、ラクダにしたら何のメリットもないのに身体中を改造されるのはいい迷惑でしょう。主催者は不正を見抜くためラクダにX線や音波探知機などを使って身体検査を施しているそうです。そして不正が発覚すると、詰め物やボトックス、ホルモンなどの注入に対してはラクダ一頭につき十万リヤル（約三百万円）の罰金、尾をカットするなどした場合は三万リヤル（約九十万円）の罰金が科せられるそうですが、それでも「整形」が後を絶たないのは、やはり高額賞金のためでしょう。

今後、整形技術がより進歩すれば、全部同じ外見のラクダが出場することにもなりかねません。そうなればもうラクダそのものより、いかに改造したかの技術を競うコンテストになってしまいます。出場者にしたら、賞金さえもらえればどちらでもいいのでしょうが。


（2021/12/17）

真の「城主」体験とは

ふるさと納税の返礼品といえばその土地でとれた果物や肉などの特産品、そこでしか作られていない工芸品などが人気ですが、兵庫県姫路市が「一日城主」を返礼品にしたというニュースが二〇二一年十二月にありました。

これは昼間の公開を終えた世界文化遺産・国宝姫路城に納税者を招き、乾小天守四階やロの渡櫓二階など普段は非公開になっているエリアも含めて城内を見学するものです。案内役はお城のプロの城郭考古学者が務め、甲冑姿の役者が往時の攻防を再現する演出も用意されているそうです。送迎にはヘリコプターやハイヤーを使い、ホテル日航姫路のスイートルームに宿泊し、夕食は城を正面に望む最上階のバーラウンジを貸し切りにして地元食材を使った料理を提供するとしています。まさに至れり尽くせりの〝殿様気分〟を満喫できるプランのようですが、その対象が二〇二二年一月末までに三千万円以上を納税した人と聞いて、「そんな人たちにとって、これって楽しいのかな」と考えてしまいました。

三千万を納税するとしたら相当な金持ちです。そんな人がホテルのスイートルームを喜ぶのでしょうか。ハイヤーはもちろん、ゴルフの行き帰りにはヘリも利用しているかもしれません。今回企画された程度の贅沢は彼らにとっては日常なのです。そんな彼らには、普段は出会うことのない「非日常」こそが最も魅力的に映るのではないでしょうか。

私が企画するとしたら、姫路駅からは自動車なんか使いません。ヘリを飛ばす金があれば、それで学生バイトをおおぜい雇いましょう。行き先が姫路城ですから、駕籠を使って「下に下に」の大名行列です。入城後は攻め入る敵役の市職員を天守閣からバイトを指揮して追っ払います。自らの「いけーっ」の号令で一斉に走り出すバイト君。考えただけでもわくわくします。

それで一息つけば夕食です。もちろんホテルのディナーなんかではありません。かがり火を焚いた城内で兵庫の名産、イノシシやキジを丸焼きにして頑張ったバイト君と共に堪能します。これこそが本当の「一日城主」ではないでしょうか。

ここまで読めば賢明な百田尚樹チャンネルの会員の皆さんはもうお気づきだと思います。「バイトを雇うのなら、なにもふるさと納税なんてしなくてもできるのに」と。しかし、それは大間違いです。舞台が本物の姫路城というところが重要なのです。数百年前、たしかにそこに存在した先人たちと同じ空間で当時と同じようにすることに意味があるのです。どんなに楽しいテーマパークを貸し切りにしたところで、所詮は作り物。本物からのみ醸し出される深い感動は得られません。それが世界文化遺産、国宝たる所以なのです。

（2021/12/24）

タンス預金の金利

「オレオレ詐欺」で七十九歳の女性から一千万円を騙し取ったとして、四十六歳の無職の男が逮捕されたというニュースがありました。この事件は二〇二一年十一月、男の共犯者の女が被害女性の息子の同僚になりすまし、「息子さんが鞄を紛失した。現金が必要」などと嘘の電話をかけ、男が女性宅を訪れ現金一千万円を受け取ったものです。

高齢者から言葉巧みに金を騙し取る「オレオレ詐欺」ほど卑劣な犯罪はありません。警察はいろいろな事例を挙げ啓発活動をすすめていますが、悪党たちは次々と新しい方法を考え出し、年間の被害額は三百億円近くにも上っています。最近ではコンビニや金融機関の職員が高齢者の不自然な「振り込み」に気付き、危ういところで被害を免れるケースも多くなりました。

しかし、今回は一千万もの大金がいとも簡単に持ち去られたのです。被害女性に銀行の関係者が誰も気付かなかったのが残念でなりませんが、気付くも何も、彼女が男に渡したのが家のタンスにしまってあった一万円札だと知って合点がいきました。これではだれも気付きようがありません。さらに驚くのは、その一万円札がすべて聖徳太子の旧札だったことです。

現在の福澤諭吉の一万円札は一九八四年発行ですから、この被害女性は少なくとも三十八年以上前から一千万円のタンス預金をしていたことになります。現在の金利は〇・〇〇一％ほどなので一千万円預けて付く利息は百円ほどです。百万なら十円。時間外にキャッシュカードで一回下ろせばもう赤字です。わざわざ損をするために銀行に預けようとしないのはわかりますが、一九八四年当時の金利は四％前後ありました。一千万円で毎年四十万円、複利だと十年で一千四百八十万円にもなるのにタンス預金を選択したのは、金利なんて気にならないほどの金持ちか、よほど銀行を信用していなかったかのどちらかでしょう。

タンス預金は泥棒に盗まれるほか、詐欺師に狙われるリスクがあることがわかりました。利息が少なく赤字になるとしても、お金を安全に預かってもらう手数料と考え、銀行に預ける方が無難なようです。

（2022/01/07）

自己を抑える工夫

大阪市住之江区にあるスーパー銭湯の女湯に侵入した四十八歳の派遣社員の男が建造

物侵入容疑で書類送検されたというニュースが、二〇二二年一月にありました。この男は長髪のかつらをかぶりミニスカートを穿くなどの女装をして、女湯に忍び込んでいたのです。この手の事件はたまにありますが、女湯に侵入といっても大抵は脱衣所までです。なぜなら脱衣所は着替える場所なので衣服を身につけていても違和感はありませんが、浴室では全裸でなければ不自然だからです。いかに女物の衣装を身につけ、かつらや完璧な化粧で女性になりきっていたとしても、裸になれば明らかに女性と違う部分が男にはありますから、どれだけ入りたくても入れないのです。

ところが今回の男は、すべてを脱ぎ捨て全裸で湯船に浸かったといいますから驚きです。なんと彼はイチモツをテープでおしりの方向に押さえ込む〃前張り〃で、その〃モノ〃を無いものとしていたのです。男の女装が表面だけでなく下着の中にまで及んでいたとは恐れ入ります。男は「その日は、ことのほか〃前張り〃がうまくいったので、女装する場所として最も難易度の高い女湯でその完成度を確認したかった」と取り調べに対し供述しているとおり、タオルで前を隠すことなく浴室内を闊歩し、休憩スペースでも真っ裸で横たわり全身をさらしていたようです。しかし、どれだけよくできた〃前張り女〃も本物の女性の目は欺けません。すぐに「男っぽい人がいる」と通報されてしまいました。

従業員が駆けつけ「男性ですよね」と声をかけても動じることなく「いいえ、女よ」と答えたのですからよほど〝前張り〟の出来に自信をもっていたのでしょう。「男だ」「女だ」とのやりとりが続いていたところに警察が到着し御用となりましたが、取り調べは極めて慎重に行なわれたようです。なにしろ男が当初「私は心は女」と説明したものですから、へたなことをすれば人権侵害にもなりかねないからです。

しかし、その後の調べで、「LGBTではない」と供述を一変し、動機については「女湯に入っている自分を思い描くと興奮した」、「男性より女性のほうが楽ができ、得だと思ったから女装した」など、ただの怠け者の変態野郎だったことがわかりました。

一昔前なら性的犯罪として素早く、そして厳しく取り調べできたものですが、複雑化した性の区分けの影響がこんなところにもでているようです。ところで、今後完璧な前張りが発明されたところで、私は女湯に侵入することは出来ないでしょう。なんせ、目の前に裸の女性が現れたら、その瞬間にどんな強力な前張りでも簡単に弾き飛ばしてしまいますから。えっへん。

（2022/01/14）

韓流テイスト詐欺師

愛知県警中村署に、交際していた二十九歳の女性から二年間にわたって二千万円をだまし取っていた住所不定、無職の四十六歳の男が詐欺容疑で逮捕されたというニュースがありました。

彼女は二十代で二千万円もの大金を工面できるのですから、相当な高額所得者か、あるいは金持ちのお嬢さんだったのでしょう。二人の出会いは二〇二〇年十二月でした。男は音楽関係のSNSに自作と偽った曲を投稿し、それを見た女性と連絡をとるようになりました。男は自らを「ピアニスト」、「作曲家」などと騙り、二〇二一年二月に本格的に交際を開始した後は女性宅で同居するようになったそうです。

直接の逮捕容疑は二〇二一年六月、「白血病の治療に使用している未承認薬の治療費が払えない。すぐに返せるので金を貸してほしい」と言って女性から三十五万円を受け取ったものですが、同様の手口を何回も繰り返し、総額二千万円も騙し取っていたのです。

今年に入り女性が男の診察券を見つけた際、そこに書かれていた年齢が自分が聞いていたものと十歳も違うことから「これはおかしい」と知人を介して警察に相談したことで騙されていたことが発覚しましたが、もしその年齢が合っていたら今でも気付かずにいたのかもしれないと思うと、随分のん気な女性だなというのが率直な感想です。

それにしても「白血病のピアニスト」なんて安物の韓国ドラマのような設定に、よく二年近くも騙され続けたものです。彼女は男のピアノを弾く姿を見たことがあったのでしょうか。「ピアニストならピアノが必需品なのに、ずっとうちにいて大丈夫なのかしら」とは思わなかったのでしょうか。愛は盲目とはいっても傍から見たら疑問だらけのカップルです。男を自分の家に招き入れ同棲するくらいですから大好きだったのでしょう。そして好きだからこそ言われるままにお金を渡していたのでしょう。今回は友人の機転で真相が判明しましたが、男がいなくなり一人となった部屋で今女性が何を思っているのか、興味があります。

(2022/02/04)

校閲は大切

兵庫県警の五十代の男性警部補が、虚偽有印公文書作成の疑いで書類送検されたというニュースがありました。現役の警察官が書類送検とはいったいどんなとんでもないことをしでかしたのかと記事を読み進めたところ、失礼ながら笑ってしまいました。

この警部補は二〇二一年九月、管内で発生した飲酒運転の目撃者から事実関係を聞き取り参考人調書を作ることになったのです。それは手書きで三枚からなるものでした。今どきパソコンでなく手書きだなんて警察もずいぶん旧態依然としているなと思いましたが、それはいいとしましょう。無事調書作成も終わり一件落着となったのですが、問題が発覚したのはその二ヶ月後です。以前自身が作成した参考人調書を引っ張り出してきた警部補は、中身を見て愕然としました。九月には気にならなかったものの、その調書は誤字脱字だらけで、そこかしこに訂正印が押されていたのです。それを見てさすがに「アッチャー、カッコわるー。これじゃあアホ丸出しやないかい」、そう思った警部補は黙って書き換えることにしたそうです。それで虚偽有印公文書作成の疑いで書類送検されてしまったというものです。

私たちプロの作家の刊行物には誤字脱字はありません。とは言ってもそれは作家が優れているからではありません。出版社に渡す生原稿の段階では間違いがいっぱいです。それを出版社の優秀な校正部が全部直して出版にいたるのです。そのように守られている紙の書籍と違い、ＴｗｉｔｔｅｒなどのＳＮＳはそうはいきません。本当なら書いた後しっかりと読み返せばいいのですが、生来の面倒くさがりとＴｗｉｔｔｅｒなんて勢いがなんぼじゃ、という根拠のない自信がインプット即送信の手を止めさせません。その結果、今回の警察官のように「アッチャー、カッコわるー」なんてことが何度もありました。誤字、脱字、衍字は言葉を生業とする者として最も恥ずかしいことだと重々わかっていますが、この性分だけはどうしようもないのです。みなさん、どうかご勘弁を。

（2022/03/24）

SM老人

なんともせこい話です。コンビニで購入したカップのサイズよりも多い量のコーヒーを注いだとして、福岡県警が七十二歳の無職の男を窃盗容疑で現行犯逮捕したというニュースが二〇二二年四月にありました。

この男はSサイズのコーヒー用カップ（百円）を購入したにもかかわらず、セルフ式のコーヒーマシンでMサイズ分のコーヒー（百五十円）を注いだというのです。ここで疑問に思ったのは、最初からSサイズのカップにはSサイズ分のコーヒーしか入らないようにしておけばいいものを、なぜそうしないのかということですが、どのコンビニも中に入れるものが熱いコーヒーだけに、ぎりぎりの大きさだとこぼれて「火傷したのはカップが小さいからだ」となるのを防ぐためだと聞いて合点がいきました。

男が調べに対し「店員に見つからないように、五回くらいやった」と供述しているように、コンビニコーヒーでのこの手のごまかしは少なくないようです。店員も気付けば注意しますが、客が多く忙しいときには見逃す場合も多いといいます。今回の男も、今までも気付かれてはいたがたまたま店員が忙しかったのか、あるいは「老人だから操作方法を間違ったのだろう」と大目に見てもらっていたのが、あまりにも頻繁なため遂に堪忍袋の緒が切れたのかもしれません。

店側もコーヒーのために店員を配置するより多少のごまかしなら経費が得と考えてか、セルフ式をやめる気はないようです。昨今、いろいろなものにセルフ方式が導入されています。ガソリンスタンドは自分で給油することが普通になり、スーパーも袋詰めはもちろん、精算さえもセルフになっているところもあります。

私の記憶にある最初のセルフは銀行のキャッシュカードです。それまで貯金してあるお金を下ろすには窓口で捺印した書類を提出する必要がありましたが、それが機械で瞬時にできるようになったのですから大助かりです。そのときは顧客の利便性向上のためのサービスだと思っていましたが、やがて時間外や提携ＡＴＭでは手数料をとるようになり、今では預けるときにさえお金が必要な場合もあるのですから、まんまと銀行にやられた感があります。そして引き出し、預け入れだけでなく振込みも客が自身で行なうため、以前はずらりと並んでいた銀行の窓口は二、三ヶ所まで減らされています。しかし、貸付の窓口だけはしっかり確保しているのですから、そのしたたかさには参ります。

さて、セルフ方式も慣れると簡単なのかもしれませんが、最初はうまくできません。コンビニコーヒーも最初の人はさぞかし戸惑ったことでしょう。なぜなら、それまではどこの店でもコーヒーを注文すると、すぐに飲める状態でもらえたものが、空のカップを渡されるだけなのですから。気の弱い人はそのまま何も入っていないカップを持って帰ったかもしれません。

私の学生時代の友人の話です。彼は地方都市から京都にでてきて初めてパチンコ屋に行きました。運よく勝つことができ景品交換所で店員から裏の小窓で現金に換えられる特殊景品を渡されましたが、なにしろ初めてですから勝手がわかりません。そのままもらったものを下宿に持ち帰りました。孟母三遷ではありませんが、彼は特殊景品のテグス（釣り糸）を貰っては魚釣りに夢中になり、文鎮を貰っては習字に熱中し、そしてボールペンを貰ってはそれを使って猛勉強し、見事な成績で卒業しました。（2022/05/07）

第六章　正義の味方は厄介だ

窮屈な卒業アルバム

学生時代の卒業アルバムを見て思うのは、自分の顔がなんと無表情なのだろうということです。あたかも証明写真のようににこりともせず一点を見つめる様は、一種異様にも感じます。

しかし、これは私に限ったことではなく、四十名ほどのクラスメートはもちろん、真ん中に座る担任教師もまた同じ表情なのです。たぶん現代のようにスマホでいつでもどこでも写真撮影が出来ることはなく、一枚のフィルムも無駄にできないという時代でしたので、「はい、チーズ」と言われたところで素直ににっこりはできないという緊張感があったのでしょう。さて、写真慣れした現代の若者の卒業アルバムはどうなっているのでしょうか。さぞかし生き生きとした表情の顔が並んでいることと思います。

二〇二一年五月、アメリカ・フロリダ州にあるハイスクールの卒業アルバムに写る女子生徒の写真が、勝手に修正されていたという話題です。これは少なくとも八十名の女子生徒の写真がデジタル編集され、胸のあたりが不自然に隠されていたものです。元の写真は襟元からわずかに胸の膨らみがうかがえるものでしたが、修正後はそこに黒い線が加えられ、まったくの平面状態となっていました。それを見た生徒や父兄は「学校が女子生徒たちの身体的特徴を蔑視している」と憤慨し謝罪を求めているそうですが、学校側は服装に関する校則に違反していたからと正当性を主張しています。

たしかに性的に刺激の強い写真を卒業アルバムに載せるのは学校として認められないのはわかります。しかし、彼女たちの服は決して胸の深い谷間を強調するようなものでなく、どうみても普通の衣服でした。これを否定することは女子生徒の自然な胸の膨らみを悪としているのと同じです。自由の国アメリカ（この表現自体がすでに昭和の遺物ですが）とはとても思えない厳しさに驚きました。

ところで写真の修正といえば、現代では誰でも簡単に顔の造作の加工修正ができるようになっています。ＳＮＳでは、元の顔かたちのかけらもない美男美女の写真が飛び交っています。今後、卒業アルバムの写真を生徒たちの自由にしたら、全国に福山雅治や北川景子しかいない学校があふれることでしょう。
(2021/05/28)

不用心な方がお客様です

警察官の主な仕事は事件の捜査や事故の処理などですが、それらを未然に防ぐことも重要な役割です。そうだとしても「そこまでお世話しますか」というお話です。

二〇二一年五月、山形県警が駅の駐輪場に無施錠でとめてある自転車に、警察官が錠をかけてまわる取り組みを始めたというニュースがありました。県警によりますと、盗難自転車はその七五%が鍵のかかっていない状態のものだそうです。そこで警察官が駐輪場を見回り、無施錠の自転車に持参したキー式やダイヤル式のワイヤ錠をかけるというのです。用事が済んで駐輪場に戻った人は、動かせなくなった自分の自転車に慌てますが、一緒につけられている署や駅の交番に連絡するよう書かれた札を見て急いで〝出頭〟してくるそうです。そこで今後はしっかり施錠することをこんこんと言い含められて〝釈放〟となるのです。

それにしても、よく鍵をかけないで自転車を放置できるものです。いかに駐輪場といえどもそれでは「ご自由にお乗りください」と言っているのと同じです。自転車泥棒はもちろん盗んだ犯人が一番悪いのは当然として、残念なことですが現代では鍵をかけていないのは大きな過失とされても仕方がありません。

「つい、うっかり」、「面倒だったから」など鍵をかけない理由はいろいろあるでしょうが、いざ乗ろうとしたときに無くなって困ることを想像したら、事前の一手間なんてなんでもないはずです。警察も盗難届を出されてどこにあるのかわからない自転車を捜すより、目の前にある自転車に鍵をかける方がよっぽど楽だと考えてこの取り組みを始めたのかもしれません。なにはともあれ、自転車にはしっかり鍵をかけましょう。

(2021/06/04)

特別扱いを求める新聞社

旭川医科大学の学長解任問題を取材していた北海道新聞の二十代の女性記者が、立ち入り禁止場所に許可なく入り込んだとして建造物侵入容疑で現行犯逮捕されたことについて、日本新聞労働組合連合が声明をだしたというニュースが二〇二一年六月にありました。

この事件は記者が学長解任について協議する会議室の外から中の様子を録音していたところを大学職員が見つけ、身元を聞いても答えなかったため常人逮捕して警察に突き出したものです。会議は内容が内容なだけに非公開で、マスコミには事前に構内に立ち入らないよう通達がでていました。事件が報道され世間から行き過ぎた取材方法に批難が寄せられると、北海道新聞はすばやく当該記者の名前を明らかにするとともに検証記事を掲載し、再発防止に努めることを表明しました。

今回の労働組合連合の声明は、その北海道新聞に対する異議です。記者は会社からの指示で取材現場に向かい、また捕まったときに身元を明かさなかったのは「所属や名前を聞かれても、曖昧にごまかして決して答えるな」と先輩記者にきつく言われていたからだというのです。それなのに、すべては記者個人が起こした問題で会社は無関係を装うのは納得できないとしています。

労働組合はそこで働く人たちが、不利益を被らず安心して働けるようにすることを目的とする団体ですから〝トカゲの尻尾切り〟のような対応をされた記者を守ろうとするのは十分に理解できます。

しかし、違和感がないのはそこまでで、「記者の実名報道の必要があったのか」と非難していることろは意味がわかりません。自分たちは事件事故の被害者であろうと「実名報道はニュースの基本」として遠慮なく伝えるのに、ことその対象が〝身内〟となったらとたんに容疑者であろうと隠そうとするのですから呆れます。

さらに「逮捕自体が適切であったか」という主張はもう無茶苦茶です。警察でさえ家宅捜索には裁判所の許可が必要なのに、自分たちは〝知る権利〟を楯にどこでもずかずかと入っていけると考える傲慢さには驚くばかりです。

紙面で世論を誘導できた時代と違って、インターネットによりあらゆる情報が瞬時に手に入る現代では誰もマスコミが優れたものなんて思っていません。そもそも報道の自由を謳うのなら、まず真実の報道を徹底してからにしてもらいたいものです。

(2021/07/16)

お客様は神様ではない

どういう人生を送ればこんな自己中心的な人間が出来上がるのでしょう。日本列島の北と南で、とんでもなく身勝手な男たちがやりたい放題というニュースです。

二〇二一年七月、北海道帯広市で、店員を素手で殴ったとして六十一歳の無職の男が逮捕されました。この男は商業施設内の書店を訪れ「言ったことをやってないじゃないか」と言って、そこの店員を駐車場で殴ったのです。これだけなら男が店員の上司で、指示に従わない部下が叱責されたように聞こえますが、男は書店とはまったく関係のない〝ただの客〟だったと言いますから、わけがわかりません。

実は事件の前日、この男は「コロナの書籍を集めたコーナーを作れ」と言いに来ていたそうです。再度、確認しておきますが、男は書店のオーナーなどではない〝ただの客〟です。店員にしたら相手が客だけに「あんたには関係ないだろう」と無下に断ることも出来ず「そうですね、検討しておきます」などと曖昧に答え、体よく追い返していたのでしょう。ところが翌日、確認に来られるなんて夢にも思っていなかったところに男が現れたのですから、さぞかし焦ったことだろうと思います。「急には対応できないものですから」と、再度やんわりと追い返そうとしたところを犯行に及ばれました。

男は殴っていないと犯行を否認していますが、最も厄介なのは男が自分は正しいと思っているところです。せっかくのグッドアイデアを受け入れない店員が悪いと思っているのですから、反省なんてするはずがありません。

さて、鹿児島では強要未遂の疑いで、五十一歳の、こちらも無職の男が逮捕されています。この男は鹿児島市内を走行中の路線バスの車内で、男性運転手に「車早く走らせろよ。こっちの車線空いてるじゃん」などと対向車線を走行するよう言ったり、おもちゃの拳銃を突き付けるなどして脅したりしていたのです。

運転手は、もちろんこんな無茶な要求に従うはずがありません。乗り合わせていた乗客が二人のやり取りに気付き、一一〇番通報して男がバス停で降りたところを警察官が捕まえましたが、この男もバスが自分の持ち物のように言いなりになると考えていたのです。

調べに対し「急いで目的地まで行きたかった」と供述しているようですが、それなら自分だけしか乗客のいないタクシーを使えば良かったのです。もっともタクシーでも反対車線は走ってくれませんが。

この二人の男たちは、今までの人生において誰にも相手にされてこなかったのだと思います。それで自分の存在を認めさせようと〝客〟の立場を利用し、無理難題を吹っかけていたのでしょう。若者が意気がるのならまだしも、いい年をした大人がこんなことでしか自己表現できないなんて、哀れなものです。

（2021/07/16）

あさましい夏

オリンピックが終われば次は高校野球です。二〇二〇年は中止となった全国高等学校野球選手権大会が二年ぶりに甲子園球場で開催されます。しかし、オリンピックに倣ってか、こちらも無観客開催となったのは残念なことです。唯一学校関係者だけは入場を許されるようですが、スカスカの観客席を前にプレーする球児たちが不憫でなりません。

プロ野球は満員ではないものの観客を入れて行われています。そこで感染者が爆発的に増えたとの報告は一切聞きません。そもそも甲子園球場は屋外です。さらにあの広い観客席に二万や三万の観客が入ったところで〝密〟とは程遠いものです。「いやいや、球場ではそうかもしれないが、最寄りの駅は大混雑する」と言う人もいますが、多くのサラリーマンはそれよりも混雑する通勤電車に毎日乗っています。まったく辻褄が合わないにもかかわらず「コロナ感染拡大防止のため」に、最も安直な方向に走る主催者は、常日頃「高校野球は教育の一環」と宣う高野連です。こんな「いかにもやってます感」だけの対応でも「世渡りのための教育」として必要だと考えているのでしょうか。

これだけでも不愉快なところに、高野連はさらにとんでもないことを言い出しました。なんと無観客にしたことで入場料収入が見込めなくなったため、目標額を一億円とする

〝クラウドファンディング〟で金を集めるというのです。ここでも開催にあたって「PCR検査や消毒などの感染防止対策にかかる費用」が必要と、コロナを大義名分に使うのですから呆れます。

実は甲子園での高校野球は、一回の開催で毎回二億円前後の剰余金が発生しています。その金はいったいどこにいったのでしょう。まず、そちらを取り崩すことが先です。そしてそれでもどうしても足りないのなら、大スポンサーである朝日新聞社に出してもらえばいいのです。高野連と朝日新聞は今まで球児で大儲けしていたのですから、当然のことです。

〝クラウドファンディング〟なんてもっともらしい呼び方をしていますが、要は「お金をちょうだい」と言っているのです。高校野球は人気イベントだからすんなり集まるだろうと考えているとしたら、高校野球ファンもなめられたものです。

(2021/08/06)

相変わらずご都合主義の甲子園

日本の夏も年々暑さが厳しくなっています。私が子供のころは三十度を少し超えると、「今日は暑いな」と言っていた気温が最近では三十七度、三十八度、場所によっては四十度以上にもなるのですから堪りません。気象庁が発表する日陰にある風通しのいい百葉箱で測られる気温ですらこれだけの高温ですから、遮るものが何もない直射日光にさらされる場所では、それこそ人体に危険を及ぼすほどの暑さとなります。

そんな炎天下で〝熱戦〟が繰り広げられるのが夏の甲子園です。どんなに暑くても球児たちにとっては憧れの甲子園ですから、一切手抜きをすることなく全力でプレーします。そのため近年では試合中に足がつって一時中断などの事態も起きています。さらにそれが毎日となると、いかに日ごろ鍛えている若者であっても、やはり健康に悪影響を及ぼします。

かつては準々決勝からは連戦となり、最後にベスト8に名乗りを上げたチームは決勝まで四日連続で試合をすることになっていました。現在の殺人的な暑さに対し、さすがにこれではいけないと考えたのか、高校野球連盟は試合のない〝休養日〟を設けることとしました。今大会では球児たちの健康に配慮するために計三日の休養日が準備されており、今まで散々高校球児を酷使してきたことへの反省がやっとなされたと安心していました。

ところがです。台風の影響で開幕日が一日延期になり、また三日目から雨で中止が続くと早々に、高野連は休養日を取り崩すと発表したではありませんか。こんなに簡単に休養日をなくすのなら〝休養日〟なんてこれ見よがしな呼び方をせず、最初から〝予備日〟としておけばよかったのです。

限られた日程で大会を終えなければならないことはわかります。そしてなんとか決勝戦まで行い優勝校を決めようとすることにも異論はありません。球児たちも途中で打ち切りなんて絶対に嫌でしょうから。それにしても、いきなり休養日を削るなんて安直過ぎます。

第一に優先すべきは選手たちの健康です。そのための〝休養〟日だったはずです。球児たちの、どうしても大会を成立させたいという〝精神の健康〟を守るためだとしても、方法は他にもあったはずです。たとえば一日四試合のところを五試合にすることは考えなかったのでしょうか。これにより八日間で二日分の余裕が生まれるのです。実際に雨で三日間順延し、どうしても決行したかった第三日は試合開始時刻を普段より三時間遅らせ、そのため第四試合の開始予定を十八時半に設定したくらいですから、出来ないことはなかったでしょう。

そして、その後も雨天中止が続くと、ようやく決勝戦の日程をうしろにずらしました。

それが出来るのなら、なぜ最初にそうしなかったのか不思議です。もちろんそれには相当の〝無理〟があったのでしょう。しかしその可能な〝無理〟と球児の危険を天秤にかけた場合、どちらを避けるべきかは言うまでもありません。

いかに生徒たちの安全が大事だと言ったところで、いざ不都合が発生すればせっかくの妙案をすぐに覆して大人の都合を優先するのなら、それは口先だけのまやかしだったと証明しているようなものです。「夏の甲子園の主役は高校球児」という言葉がむなしく響きます。

（2021/08/20）

正義の味方の勝手な言い分

あおり運転の末に相手の車のドアを蹴って壊したとして、名古屋市に住む三十四歳の男が書類送検されたというニュースが二〇二一年八月にありました。

この男は一般道を走行中、五十九歳の男性が運転する軽乗用車が赤信号を無視して左折したと勘違いし、追跡を開始しました。男性の左折が男にとって危険を及ぼすもので一気に頭に血が上ったのか、あるいは違反を黙って見逃せない正義感の強い男だったのかはわかりませんが、猛スピードで追いかけたのです。その間、軽乗用車と並走する形で片側一車線の市道を逆走するなど極めて危険な運転をした上、停止させた軽乗用車のドアを蹴ってへこませました。

　調べに対し男は「注意しようとしたが逃げたので頭にきて、しつこく追いかけた」などと言っているそうですが、いったいどういう神経をしているのでしょう。信号無視の車を見つけ白バイ隊員にでもなったつもりだったとしたら、どうしようもない身勝手なバカです。仮に相手が本当に信号無視をしていたとしても、警察でもない男が、逆走という紛れもない違反行為をしていいわけがありません。しかも今回は信号無視の事実はなかったのですから、男だけが違反者です。

　そのうえ暴力行為のおまけまでついているのですから、とんだ「正義の味方」です。さらに、ドアを蹴ったことは「車が私に当たった」と否認しているのにも笑ってしまいます。そんな言い訳が通用するのなら、人を殴っても「私の拳に相手の頬が当たってきた」で終わってしまいます。

　一切の非を認めることなく、「自分のすることは世のため人のためで、誰にも文句は言わせない」と考える、こんな偏った正義感ほど厄介なものはありません。（2021/08/27）

無粋すぎる送別

　ＪＲ東日本が最終乗務を終えた運転士を労おうと駅ホームで出迎えた同僚社員に対して厳重注意を行なったというニュースが二〇二一年九月にありました。

　一般の会社では一緒に働いていた仲間が退職する際に送別会を開き、記念品を渡すことはよくあります。ましてや退職理由が「定年」によるものでしたらなおさらそれは盛大になります。今回は乗務する列車の窓に運転士のラストランを示す掲示や「四十一年間お疲れさま」などと書いた貼り紙をしたうえ、到着駅で列車を降りた運転士をクラッカーを鳴らして出迎え、花束を贈っていました。

　それに対しＪＲ東日本は「なに勝手なことしてるんだ」と怒り狂っているのです。支社総務部長名で「いかなる理由があっても、会社財産である列車や駅施設に私的な貼紙を無断で貼付する行為は言語道断であり、会社の施設管理権はもとより、お客様に駅や列車を安心してご利用いただく観点からも到底看過できるものではありません」なる文書を出し、さらに出迎えに関わった社員を処分するとまで言っていますが、どうしてそこまで厳しくするのでしょう。

　随分と世知辛い世の中になってしまったというのが率直な感想です。記事によりますと、紙を貼った窓もあらかじめ予約した席で、そこには一般乗客が座らないように配慮されていましたし、花束贈呈のために列車の発車を遅らせたわけでもありません。もし私がその場に遭遇したら、微笑ましく思うことはあっても、決して嫌な気持ちにはならないでしょう。なんなら拍手のひとつもしたかもしれません。

われわれ利用者が公共交通機関に求めるのは安全に目的地まで送り届けてもらうことで、それ以上のサービスは無用です。しかし、世の中にはそう考えない人がいるのも残念ながら事実です。「お客様は神様だ、何をおいても優遇されるべきだ」。そんな人からしたら、今回の出迎えも「なに、客をほったらかしにして身内で盛り上がっているんだ」と映るのでしょう。JRもそれを心配して〝君子危うきに近寄らず〟とばかりに、苦情の可能性を排除したいのかもしれません。

現代では大多数の民意より、ごくわずかのクレーマーの意見を優先する傾向が強くなっています。文句を言う輩は激しく、しつこく、面倒ですので避けたい気持ちはわからないでもありませんが、それにより大切なものを失うこともあります。安全運転は運行に関するものだけで十分です。

(2021/09/12)

十九分間の人権侵害

「人権」は世界中の人たちに等しく与えられ、それは何ものにも侵害されることなくすべてに優先して尊重されなければならないものです。そんな人権を守る心強い味方が弁護士のはずですが、中にはどうも偏った「人権尊重」に走る者がいるのは残念なことであり、また由々しきことです。

京都弁護士会が京都府警中京署内の保護室で男性の体を長時間拘束したとして、拘束時間などを定めた法律の適切な運用を求める勧告書を同署に送付したというニュースが二〇二一年九月にありました。彼らは中京署に保護された男性がベルト手錠や捕縄などで三時間十九分に渡って拘束されたのは、刑事収容施設・被収容者処遇法で規定される「拘束衣及び防声具の使用の期間は三時間とする」との原則に違反すると言っているのです。

たしかにこの事実だけを捉えると、限度時間を十九分オーバーしています。しかし、実際の現場を知らずして「はい、時間を超えたからアウト」と言うのはあまりにも杓子定規ではないでしょうか。警察はおとなしくしている男性をひっ捕まえて有無を言わせず縛り上げたのではありません。男性が署内で大声を出し、職員に足蹴りするなど暴れたため仕方なく拘束したのです。もし、縛らずに自由にさせたままならそこらじゅうの物を壊したり、対応した警察官にけがをさせていたかもしれません。

弁護士会は男性の人権を尊重したいのでしょうが、警察官にももちろん人権がありま す。職務であると同時に、自らの安全を守るための行為にいちいちケチをつけられたのでは堪ったものではないでしょう。それでもなお「法律だから」と言うのなら、そんな実情にそぐわない法律は即刻改正するべきです。

〝人権派〟を標榜する弁護士は、我こそは弱者の味方と思っているのでしょうが、その前にまず正義の味方であって欲しいものです。他人の人権を脅かす加害者の人権を被害者のそれに優先する理由が、私にはどうしても理解できません。

（2021/09/17）

犯罪者を喜ばせてどうする

ＪＲ東日本が二〇二一年七月から防犯のため、駅構内にいる特定人物を顔認識カメラで捕捉しているというニュースがありました。対象は過去に駅構内で重大な罪を犯して服役した人、指名手配中の容疑者、不審な行動をとる人とし、それらの人物を見つけると必要に応じ警察に通報したり手荷物検査などをするというのです。

私はこのニュースを見て「大いに結構、鉄道会社が利用者の安全のために目を光らせてくれるのだから、これで安心して電車に乗れる」と歓迎しました。ほとんどの善良な市民も同じように感じたと思いますが、犯罪を企んでいる者、また犯罪者を庇うことを至上の喜びとしている人権大好き人間が大反発することは必至です。

「罪を償って出所したのだから、尚も疑ってかかるのは人権上問題がある」、「何も悪いことをしていないのに監視するなんてもってのほか」など、勝手な言い分で騒ぎ立てることでしょう。しかし、事件は起きてからでは遅いのです。切り付けられたあとに犯人を捕まえたところで、その傷が消えることはありません。いかに未然に防ぐかが肝心です。そのためにも、怪しい人物が不穏な動きをしていないか見張ることは必要です。

犯罪に関わらないで一生を過ごす人が大部分の中、ひとりで何度も罪を犯す人がいるのは残念ながら事実です。二度あることは三度ある、そんな人を見張るのはその他の市民を守るために当然です。そもそも疑われるのがいやなら、最初から前科者になんてならなければいいのです。

という原稿を書いた翌日、早速ＪＲ東日本は時期尚早だったとして、カメラの使用を取りやめると発表しました。危惧していた横槍が入ったに違いありません。

現代では街中のいたるところに防犯カメラが設置されています。犯罪者にとってはうっとうしい敵にしか見えないでしょうが、後ろめたいことがなにもない、普通に生活している市民にとって、それらは心強い味方に他なりません。

（2021/09/24）

死刑囚にとっての表現の自由とは

福岡拘置所に収監されている三十三歳の男性死刑囚が、二〇二一年七月、国を相手取り訴訟を起こしたというニュースがありました。

死刑囚といえば極悪非道な所業により「生きる価値なし」との烙印を押された人間です。そんな人間が国に対して何を要求しているのかと思いきや、その内容はとんでもなく呆れたものでした。なんとこの男は、拘置所内で色鉛筆の使用を認めないのは憲法の定める表現の自由を侵害すると文句を言っているのです。

この死刑囚は、一審で死刑判決が言い渡された頃から色鉛筆で絵を描くようになり、描いた絵を絵ハガキにして、その販売収益金を遺族への被害弁償金にあてていましたが、今年二月から色鉛筆や鉛筆削りの持ち込みが禁止され、それがままならなくなったことが不満だというのです。原告代理人の弁護士は絵を描くことについて「経済的支援を目的としたものだが、彼も絵を描くことで罪と向き合うことになり、心の平穏を得るに結びつく有意義な活動」としたうえで、それを助けたのが色鉛筆セットだったと語っています。

しかし、これを聞いてどれほどの善良な国民が「なるほど、それはもっともだ。これからも彼の要求を認めるべきだ」と思うのでしょうか。この死刑囚は自宅で生後五ヶ月の子、妻、義母を殺害し、二〇一四年に死刑が確定した男です。三人も、それも一人は生まれたばかりで、この世の楽しいことを何一つ経験することなく命を奪われたのです。こんな男に〝心の平穏〟が必要なのでしょうか。さらに〝表現の自由〟とは人権を持つ人間が言うことです。

厳しい言い方ですが、死刑囚がいっぱしに人権を語ることからして違和感があります。なぜなら、死刑は人権の根幹ともいうべき『命』を国が断つものです。対象のそれを認めていては矛盾が生じ、執行ができなくなってしまいます。弁護士らは「償いの色鉛筆を取り上げないで」と言っていますが、色鉛筆が無ければ反省できないのであれば、反省などしていただかなくて結構です。なによりも「自らの命をもってしか償うことはできない」と死刑を宣告されているのですから、今さら反省なんてなんの意味もなく、絵ハガキを売って稼ぐことなんて一切期待されていないのです。今回の訴訟を遺族がどんな思いで見ているのかと考えると、仕事とはいえ男のわがままを正当化しようとする弁護士にも嫌悪感を抱きます。

拘置所は刑務所と違って労役作業がありません。本当に弁償金のために一円でも多く稼げる過酷な肉体労働をしたいと言うのならまだしも、持て余した時間に〝お絵描き〟をしたいから「色鉛筆を頂戴」なんて甘ったれるのも大概にしろと言いたくなります。

そもそも二〇一四年に死刑が確定していながら七年間も執行されていないことがおかしいのです。こんなことでは、せっかくの死刑制度が意味を為しません。法務大臣にはもっとしっかり仕事をしてもらいたいものです。

（2021/10/15）

シャレのわからない県知事

民間シンクタンク調査による二〇二一年の都道府県魅力度ランキングが発表され、北海道が十三年連続一位になりました。以下、京都、沖縄、東京、大阪と続き有名観光地や大都市が上位に名を連ねています。この調査は四十七都道府県を百点の「とても魅力的」から零点の「全く魅力的でない」までの五段階で評価したものを数値化して順位付けしたものです。

上位を見てもわかるように、このランキングは数値化といっても具体的な指標に基づかない、あくまでもイメージ調査ですから、仮に下位にランクされたからといって実際に何かが他県より劣っているなどということはありません。近年では最下位となった県が逆にそれを「自虐ネタ」としてアピールし、面白がられて好感度が上がるなんていうこともあるようです。言ってみれば全都道府県民参加の〝お遊びランキング〟ですが、中には真面目に受け取る堅物もいるようです。

群馬県の山本一太知事が今年のランキングで前年より四ランクダウンの四十四位となったことが納得いかないとして「法的措置も辞さず」と息巻いているというニュースがありました。このランキングでは毎年、群馬、栃木、茨城の北関東三県が最下位争いをすることが常となっています。今年は去年ビリだった栃木県が四十一位に浮上し、その代わりに去年最下位を脱出して喜んだ茨城県がまた四十七位に舞い戻ってしまいました。発表を聞いた当該県の皆さんは「やったー、最下位脱出だ」と喜んだり「あちゃー、またビリだ。もっと頑張ろう」と思ったりいろいろでしょうが、誰もが所詮お遊びだということを理解して笑って済ませます。

そんな中で山本知事だけは「なぜ結果が下がったのか理由が判然とせず、根拠不明確なランキングによって県に魅力がないとの誤った認識が広まる」、「県民の誇りを低下させるほか、観光業など経済的な損失にもつながる」、「群馬を低く位置付けることは県民に対し失礼だし侮辱している」とムキになるのですから興ざめです。

知事は県民に対し、自分は群馬のために頑張っているとアピールしたいのかもしれませんが、はたして彼の発言を支持する人がどれくらいいるのか疑問です。多くは「そんなにマジになるなよ」と思っているのではないでしょうか。

傍から見ていて、こんなシャレのひとつもわからない県にはまったく魅力を感じません。知事のやっていることは世間に対し「群馬県は面白くない」と訴えているのと同じです。こんなことをしていては、それこそ来年は最下位確定でしょう。

(2021/10/15)

自衛隊に食糧を

沖縄タイムスに二〇二一年十月、航空自衛隊那覇基地に勤務していた四十代の三等空佐が十日間の停職処分を受けたという記事が載りました。その処分に至った内容が、二〇一九年五月二十三日から同年六月四日まで、基地のセルフ方式の食堂でパンと納豆を規定の分配量を超えて食べたこと、その被害額が百七十五円だったと知って驚くやら呆れるやら、なんだか悲しくなりました。

航空自衛隊の階級は最下位の空士から空曹、空尉、空佐、空将と続き、それぞれに一等から二等、あるいは三等までがあり合計十六階級。そしてトップが航空幕僚長となります。今回の三等空佐は上から六番目の偉い人です。昔で言えば少佐です。そんな人が一人当たりの分配量を超えて食べたから処分とは、いかに規律に厳しい自衛隊だとしてもやりすぎの感があります。

彼は決して食糧庫に忍び込んで保管してあるものを盗み出したわけでもなく、セルフ方式で自由にとっていいものをちょっと余分にとっただけです。三等空佐が「配食の量が少なく感じたため、多く取った」と説明していることがまた涙を誘います。

自衛隊員は日夜、日本を守るために働いています。そんな人たちが満足に食べていないなんて、良識ある日本国民なら納得できません。厳しい任務の中で、食事を楽しみにしている隊員も多いことでしょう。せめてひもじいと感じない程度の量は常に用意してもらいたいものです。

そして不思議なのはなぜ、二年以上前に余分に納豆を食べたことが今になって処分されたのでしょう。さらにそれを「自衛隊の不祥事だ」とばかりに嬉々として報じる沖縄タイムス。違和感満載のニュースでした。なにはともあれ「腹が減っては戦は出来ぬ」。これだけは言っておきます。

(2021/10/22)

死刑囚に心の安寧は必要なのか

死刑確定者二人が死刑執行を当日に通知するのは異議を申し立てることができず違法だとして、国に告知日中の執行をしないことと慰謝料二千二百万円の支払いを求め大阪地方裁判所に提訴したというニュースが二〇二一年十一月にありました。

死刑確定者が死刑執行に異議とは、いったい何を言っているのでしょう。現在、わが国において被告人は三審制により、合計三回まで審理を受けることが出来ます。裁判の結果に納得がいかなければ異議を申し立てるのは当然の権利ですが、それも最高裁までです。そこで最終審判が下ったらそれに従わなければなりません。いつまでも「納得できん」なんて通用しないのです。

今回の原告は〝確定〟死刑囚です。すでに異議をはさむ余地はないのです。死刑は刑が確定してから六ヶ月以内に執行しなければならないと定められていますが、そのほとんどは六ヶ月を超え現在最長は五十年以上も未執行となっており、そちらの方が違法なのです。

本来ならとっくに執行されこの世とおさらばしていないといけないところを生かされているだけでもありがたいのに、こんな告知日云々でいちゃもんを付けるのなら〝確定から三十日目〟など、改めて告知する必要がないようにしておけばいいのです。

原告代理人は「死刑確定者は、毎朝死ぬかもしれないとおびえている。執行一〜二時間前の告知での執行は極めて非人道的だ」と話していますが、それなら死刑囚は人を殺すとき、事前に通告し〝異議申し立て〟を認めたのでしょうか。何の罪もない人を己の身勝手で有無を言わさず殺めておきながら、よくもぬけぬけと「心の準備ができていない」なんて言えたものです。そのうえ「慰謝料を払え」だなんて、こんなふざけた提訴を裁判所が受け付けるとはとても思えませんが、この期に及んでまだ自身の権利を主張する死刑囚には反吐が出る思いです。

国が命を奪うことを決定した死刑囚に権利なんていっさい認められないのです。死刑囚に唯一できることは、被害者やその遺族に自身の「死をもって償う」ことだけです。それがいやなら〝死刑囚〟になんてならなければいいのです。

（2021/11/12）

人権とわがままの境目

外国籍であることを理由に生活保護申請を却下したのは生活保護法に反するとして、千葉市に住む三十一歳のガーナ国籍の男性が二〇二一年十二月、市に処分取り消しを求める訴訟を千葉地裁に起こしたというニュースがありました。

この男性は日本語を学ぶために二〇一五年に来日し日本語学校を卒業した後、就労ビザを取得してパン屋で働いていましたが、慢性腎不全などを患い週三回の透析治療が必要となりました。当然、仕事にも支障をきたし金銭的に困窮したため、二〇二一年十一月に千葉市に対し生活保護の申請をしたところ、却下されたのが気に入らないと言っているのです。

男性は「却下は生活保護法に反する」としていますが、生活保護法の第一条、いの一番にこう書かれています。

「この法律は、日本国憲法第二十五条に規定する理念に基き、国が生活に困窮するすべての国民に対し、その困窮の程度に応じ、必要な保護を行い、その最低限度の生活を保障するとともに、その自立を助長することを目的とする」

すなわちこの法律は〝日本人〟のためのものなのです。冒頭に書いた通り、この男性はガーナ国籍です。適用されないのは当然です。異国で病気になり気の毒だとは思いますが、だからといって「日本国が日本人のために使うべきものを外国人の自分にも」と言うのは筋違いです。生活保護を受けるとすべての医療費も無料となります。無料といっても医者がタダで診てくれるわけではなく、その費用は国（その原資は善良な市民から徴収した税金）が支払います。男性は生活のためのお金だけでなく、それまで日本国にお願いしようとしているのです。

原告側は「日本国内に住む外国人を広く含むと解すべき」と主張し、「透析がないと生きていけないので不安。生活保護は必要です」と訴えています。こういう問題に対し〝人権派〟を標榜する人たちは、すぐに「外国人といっても日本に税金を納めているから同等にすべき」と言いますが、税金は日本国内での住民サービスに対するものです。道路も補修なしではガタガタになります。道路を歩くのならその費用としての税金を払うのは当たり前のこと、それだけです。敢えてくだらない反論をさせてもらえるなら、「税金を払っていない人は、あらゆる住民サービスを除外させてもらってもいいですか」となります。

私はこの男性に問いたい。「あなたのお国ガーナで、日本人が同じ訴えをして認めてもらえるのですか」と。こんなわがままが通ったら「病気になれば日本に行こう。タダで治してくれるだけでなく小遣いまでくれるよ」となってしまいます。そうなれば日本人は大挙して押し寄せた不良外国人を養うために働くことになるのです。（2021/12/17）

武蔵野市の軽挙

東京都武蔵野市議会で、外国人住民も参加できるようにする住民投票条例案が反対多数により否決されたというニュースが二〇二一年十二月にありました。これは市内に三ヶ月以上住む十八歳以上に、〝国籍を問わず〟投票権を認めるようにする内容でした。

外国人に住民投票を認める自治体は国内にいくつかありますが、そのほとんどは永住外国人に限るなどの制限を設けています。永住とは文字通り日本に骨を埋めるつもりで日本のために働くことを意味します。だからといって日本人ではない人に住民投票権を与えるのは問題だと思いますが、今回の武蔵野市の案はたかだか三ヶ月いただけで権利を与えようというのですから滅茶苦茶です。これでは住民投票の前に武蔵野市に大量に自国民を流入させた国が、武蔵野市を自由にできることになってしまいます。そうなれば市内にチャイナタウン、コリアンタウンを自治体公認でいくらでも作れることになり、日本国内でありながら日本人が隅に追いやられることにもなりかねません。

可決しなくて何よりでしたが、それでも反対が十四に対し賛成が十一と、絶対的多数でなかったことが心配です。この程度の差ではいつ逆転されるかわかりません。武蔵野市の有権者には次回の選挙では今回のことも踏まえ、よく考えて投票先を決めてもらいたいものです。

私は「中国、韓国は大嫌い」と公言していますが、それはその国の体制や国民性に疑問を抱いているからで、そこの国籍を持つ個人すべてを嫌いなわけではありません。実際、中国人や韓国人の仲の良い友人もいます。そんな彼らは例外なく日本が好きで日本のために頑張っている人たちです。

ラグビーの日本代表にも外国籍の選手がいますが、日の丸のために必死に戦ってくれる姿には素直に拍手を送ります。それとは逆に日本を貶めよう、日本人を利用しようとする勢力は外国人、日本人問わず許せません。

今回の条例案は果たして本当に武蔵野市の、ひいては日本の未来を考えてのものだったのでしょうか。反対したのは自民党や公明党の議員など十四人、賛成は立憲民主党や

共産党などの十一人。これがすべてを物語っているのではないでしょうか。（2021/12/24）

フライドチキンに不寛容な社会

横浜市交通局に勤める四十九歳の男性バス運転手が減給処分を受けたというニュースが二〇二一年十二月にありました。この運転手は路線バスを運転していた際、偶然乗ってきた妻を終点で降ろさず、次の勤務までの休憩時間に妻に買いに行かせたケンタッキーフライドチキンを公道に止めたバスの中で一緒に食べたということです。その様子を開いていたバスの扉から見た通行人が交通局に通報して発覚しましたが、「世の中にはいらんことをする人がいるもんだ」というのが率直な感想です。

そりゃ運行中の市バスがドライブスルーの列に並んでいたら違和感もあるでしょうが、止まっているバスの中で運転手がチキンを食べているのですから、どう見ても普通の休憩中でしょう。そこに運転手以外がいたところで「知り合いなんだな」で終わりです。通報者は、市バスは常に走っていなければならず、休憩なんて、ましてやバスの中で飲食なんてあってはならないと考えたのでしょうが、今回の報道を見て、「ほら、わしのおかげで不正が暴かれた」と思っているとしたら、気持ち悪いことこの上ありません。

乗客に悪態をついた、タバコを吸いながら運転していた、乱暴な運転で怖かったなど不利益を被る人がいる場合はともかく、今回の運転手の行為が通報者を含めた誰かに迷惑をかけるものだとはとても思えません。それでも処分されたということは規則違反があったのでしょう。そして処分の理由は飲食でなくほかの規則違反だったのかもしれません。しかし「ケンタッキー食べて減給」だなんてキャッチーな見出しをつけられてはもうどうしようもありません。この運転手夫妻の安寧を切に祈ります。

（2022/01/07）

第七章　この美しき世界

世の中捨てたもんじゃない

徳島県の阿波吉野川署が、十五歳の高校一年生と十七歳の三年生の男性に感謝状を贈ったというニュースが二〇二一年五月にありました。

十五歳の少年は下校途中の列車内で五十代の男に「抱きしめていい？」などと声を掛けられ、おびえている女子高生を見つけました。「なんだ、このオッサンは」と思っても現代では「触らぬ神に祟りなし」と見て見ぬ振りの人も多いでしょう。しかし、彼は行動を起こしました。二人の間に割って入り、男を注意するとともに女子高生をかばったのです。相手は自分の父親のような年代の男です。どれだけ怖かったことでしょう。その勇気に感服します。その後、彼は車内で女子高生を守りながら降車駅に到着するのを待ちました。

ただ、話はここで終わりませんでした。なんと男が下車した二人の後を追い始めたのです。下校途中の生徒が何人も乗る列車内で女子高生にちょっかいを掛けるような男です。まともな人間のわけがありません。多分、周りに人影がなくなったところで仕返しをしようと考えていたのでしょう。

しかし、その様子に同じ車内にいた十七歳の少年が気付きました。ここで加勢しなければ男が廃るとばかりに二人に声をかけ、一緒に女子高生の家族が迎えに来るまで付き添いました。男にしたら自分の子供ほどの少年なら勝てると思ったのでしょうが、それが二人となるとそうはいきません。手出しができなくなりました。

その後、一一〇番で駆け付けた署員に状況を説明したことですべてが発覚しましたが、女子高生を含めた三人にとって警察が来るまでの時間はとんでもなく長く感じたことでしょう。

十五歳の少年は「ためらいはなかったが、声を掛けたときは怖くて足が震えていた。助けられてほっとした」。また、将来警察官になるのが夢という十七歳の少年は「二人が困っているようだったので駆け寄った。たくさんの人を救える警察官になれるよう頑張りたい」と話しているそうですが、弱者を放っておけないその心がけは本当にあっぱれです。こんな若者がいるかぎり、日本もまだ捨てたものではありません。(2021/05/28)

松坂大輔を讃える

二〇二一年七月、松坂大輔投手が今シーズン限りで現役を引退するというニュースがありました。松坂投手といえば一九九八年の春夏甲子園に出場し連続優勝しましたが、最後の夏の決勝戦はノーヒットノーランのおまけつきでした。そして鳴り物入りで入団したプロ野球西武球団では一年目から大活躍し、やがて六十億円を超えるトレードマネーでアメリカ大リーグへと移っていきます。

松坂投手の同学年には後にプロ野球に進む選手が多くいましたが、彼らが「松坂世代」と呼ばれるように、松坂投手は常にその中心にいました。私が最も印象に残っているのは、やはり二〇〇六年に開催された国別対抗の第一回ワールドベースボールクラシック(WBC)での活躍です。それまでもオリンピック等の国際試合はあったものの有力選手は参加しておらず、WBCが真の世界一を決める位置づけとなったため、普段は野球に興味を示さない人たちまでもが注目していました。

松坂投手はそこで、先発したすべての試合で勝ち投手となり、見事に大会MVPに輝いたのです。そしてディフェンディングチャンピオンとして参加した第二回WBCでも連続MVPとなるのですから、大一番で発揮する彼のとてつもない力には恐れ入ります。もちろん不断の努力がその結果を導いているのでしょうが、それだけではない神がかったものを感じたのは私だけではないはずです。

そんな松坂投手ですが、ここ数年はケガの影響でマウンドに立つことがほとんどなくなっており、口の悪い連中は、自分は一銭も出していないのに「給料どろぼう」と揶揄していました。彼はそれをどんな気持ちで聞いていたのでしょう。プロスポーツ選手には必ず訪れる「引退」ですが、辞め時は人それぞれです。世界のホームラン王、王貞治選手は年間三十本のホームランを打ちながら「理想のバッティング」が出来ないからとバットを置きました。かつては潔いことこそ華とされる傾向がありましたが、松坂投手の往生際が悪いとは思いません。彼の中では「まだできる」という気持ちがあったからこそ現役を続けていたはずです。それを責める権利はだれにもありません。

今、大谷翔平選手の大活躍が海の向こうから連日届いています。他にもダルビッシュ選手、マー君田中将大選手など高校野球からプロに進み私たちを楽しませてくれている選手はたくさんいます。松坂大輔投手もその中のひとりだった事実は永遠に消えません。

(2021/07/09)

日清の革新性

日清食品の「カップヌードル」が世界累計販売数五百億食を達成したというニュースが二〇二一年八月にありました。「カップヌードル」は一九七一年九月に発売が開始された世界で初めてのカップ麺で、現在では百ヶ国で販売されています。当初は一種類だった味も「カレー味」、「シーフード味」など今では多岐にわたり、世界各国のオリジナル商品もあるようです。鍋に湯を沸かし、その中に袋から取り出した麺を入れて茹でるそれまでの即席ラーメンと違い、鍋もどんぶりも必要なく、ただ〝湯を入れるだけ〟の調理とも言えない作り方は画期的でした。また箸ではなくフォークで食べるというのもおしゃれなもので、当時の若者が飛びつきました。

そんな若者限定だった「カップヌードル」が日本中の人たちの知るところとなったのはなんといっても「あさま山荘事件」です。これは一九七二年二月、警察に追われた過激派集団〝連合赤軍〟が冬の軽井沢の「あさま山荘」に人質をとって立てこもった事件で、なんと十日間にもわたって警察と犯人とのにらみ合いが続きました。なにしろ冬の長野県ですから、マイナス十度を下回る相当な寒さです。動員された機動隊員に支給される弁当も凍ってしまい、食べることが出来ません。そこで代わりに用意されたのが「カップヌードル」だったのです。湯気の上がるカップから、おいしそうに麺を頬張る隊員たちの姿が連日生中継されていたテレビ画面に映るのですから、視聴者は「いったいあれは何を食べているんだ」と興味津々です。ちなみにそのときの視聴率は五〇％を超えていましたから、これ以上の宣伝はありません。カップヌードルが瞬く間に市民権を得て国民食と呼ばれるようになるまでに、時間はかかりませんでした。

現代では多くの食品会社が当たり前のように販売しているカップ麺ですが、最初に開発した日清食品はやはり偉大です。なぜなら「カップヌードル」がなければ「赤いきつね」も「ペヤングソースやきそば」も生まれなかったのですから。

（2021/08/27）

長老の知恵

二〇二一年は九月二十日が「敬老の日」でした。以前は九月十五日がその日でしたが、ハッピーマンデーという連休を増やすための制度で無理やり九月の第三月曜日となり、なんだか祝日の値打ちが下がったような気がします。

ちなみに元の九月十五日は、新たに「老人の日」となりました。この日は老人を敬うための日ではなく、単に「こどもの日」に対する「老人の日」のようですが、こちらは祝日ではないので非常に紛らわしくなっています。

そんな敬老の日を、今年前期高齢者となった私も初めて祝われる立場で迎えることとなりました。しかし、まだまだ新米老人ですので勝手がわかりません。どなたか先輩老人に愛される年寄りになる方法をご教授願いたいものです。もっとも「みんなに好かれるために、言いたいことをなんでも言うのをやめろ！」と言われたら、それだけで死んでしまうかもしれませんが。

ベテラン老人といえば、世界有数の長寿国の日本には、現在百歳以上の方が八万六千人以上もいます。その中でも二〇二一年現在、一番上は一九〇三年、明治三十六年生れの世界最高齢百十八歳の田中力子《かね》さんです。彼女が素晴らしいのは今でもはっきりとした受け答えができることです。もちろん寝たきりなんかではありません。医療の進歩により日本人の寿命は延びましたが、その中には病院で身体中に管を付けられ、生かされていると言ったほうがいいような人もいます。家族にとってはかけがえのないおじいちゃんやおばあちゃんでしょうから、それも否定はしませんが、やはり元気ではつらつとしているのはなによりです。力子さんは入所する老人ホームでも職員相手に冗談を言うなど、まさに〝今を楽しく生きている〟といっていいでしょう。

一九八〇年代半ばまではほとんどの会社の定年は五十五歳でした。八十歳まではまだ二十五年残っていました。それが現代では事実上六十五歳となり、そのうえあと五年延長する流れまででてきています。七十歳定年なら男性の平均寿命の八十歳までは十年しかありません。これではあまりにも短すぎます。あくまでも平均ですから九十歳まで生きる人がいると同時に七十歳で亡くなる方もいます。六十歳定年なら労働者の多くが、まだ「余生」を送ることができますが、それが七十歳となると「余生」なしなんてことにもなりかねません。働きづめに働いて楽しむ前に死んでしまうだなんてあまりにも悲し過ぎます。

少子高齢化が止まらない今、定年延長は続きそうですが、人は何のために生きるのかを今一度問い直す時期に来ているのではないでしょうか。最後に以前インタビューした百歳の秀逸な回答をひとつ。

「おじいさん、ずいぶん元気そうですが健康の秘訣は何ですか？」

「……せやね、やっぱり病気せんこっちゃね」

(2021/09/24)

(※残念ながら、田中力子さんは二〇二二年四月十九日、老衰により永眠されました。ご冥福をお祈りいたします。)

高校生の機転

札幌・中央警察署に契約社員の二十七歳の男が北海道迷惑行為防止条例違反の疑いで逮捕されたというニュースが二〇二一年九月にありました。この男は札幌駅ビル内の書店で、二十代女性の背後からスマートフォンをスカート内に差し入れ、その中を撮影していたところを店内巡回中の警備員に見つかり、そのまま現行犯逮捕されました。

携帯電話にカメラ機能が付いたことで、写真は日常生活の中にすっかりと溶け込みました。かつてはわざわざ写真機を準備する必要がありましたから「いつでも、どこでも」というわけにはいきません。またフィルムも決して安いものではなかったので失敗は許されませんでした。それが現代では動画を回し、都合のいい部分だけを切り取れば良いのですから、失敗のしようがありません。もちろんフィルムも必要ありませんから何度でも撮り直しOKです。それだけ手軽になったからか簡単にレンズを他人に、それも映してはいけないところに向けるのは、本当に困ったものです。

一方、その現代の利器を有効活用した若者もいます。駅のトイレで倒れていた高齢男性を救助したとして、秋田県警大館署が二〇二一年九月、大館市内の県立高校二校の一年生五人に感謝状を贈りました。この五人はＪＲ東大館駅の個室トイレから不自然に男性の足が見えたため「大丈夫ですか」とノックを繰り返しましたが、返事がありません。もちろんドアは開きませんので中の様子はわかりません。どうしたものかと思案していたところ一計を案じました。扉上部の空間から携帯電話を差し入れ中を撮影したのです。

高校生たちは映った映像を見て驚きました。そこには男性が倒れており微動だにしません。大急ぎで携帯を撮影モードから通話モードに切り替え、一一〇番通報しました。携帯の機能をフル活用したこの五人は中学の元同級生で、「中学のときから困ったことがあればみんなで相談してきた。チームワーク良く助けることができた」と話しました。

薄汚れた自らの欲望のために使い逮捕される、片や知恵を絞って人命救助に使用し表彰される――ふたつの事件は、どんなに便利な機械も使い手によって悪にも善にもなるという見本でした。

（2021/09/24）

利他の精神はどこへ

道路交通法では信号機のない横断歩道を渡ろうとしている歩行者がいる場合、車を運転する人は一時停止しないといけないと定められています。しかし、多くのドライバーは歩行者を優先するためのブレーキを踏んでいないようです。

ＪＡＦ（日本自動車連盟）が「信号機のない横断歩道での歩行者横断時における車の一時停止状況全国調査」二〇二一年版の結果を発表しました。それによりますと、きっちり一時停止して歩行者を先に渡らせたのは三〇・六％しかなかったのです。これでも前回調査よりは九・三ポイント増加して初めて三〇％を超えたといいますから、わが国の交通事情はいかに車優先だったかがわかります。

そんな中、徳島県には「一時停止する車がとても多い横断歩道」があるそうです。この横断歩道の一時停止率は九割といいますから、全国平均の三倍です。いや、九割ならほとんどの車がちゃんと止まっているのです。なぜここまで高い停止率かというと、その秘密は近くに住む子供たちにありました。

この横断歩道は小学校の通学路にあり、子供たちは横断歩道を渡り終えると必ずおじぎをするのです。それも一人だけではなく、その場にいる全員がです。子供たちは「急いでいるのにわざわざ止まってくれてありがとう」という気持ちで始めたようですが、そんなことをされたドライバーが嫌な気持ちになるわけがありません。そうして日本一安全な横断歩道が出来上がりました。先頭を行く上級生が車の止まったことを確認し、後に続く下級生に早く渡るよう促す光景は、さぞかし微笑ましいものでしょう。

しかし、歩行者はこんなかわいい人ばかりではありません。横断歩道に差し掛かったときに歩行者を見つけ、せっかく止まっても、ずっとスマホから目を離さず動かなければ「なんや、渡らんのかい」となります。また、歩行者優先は当然の権利とばかりにのろのろ歩き、挙句の果てにスマホに夢中になり横断歩道上で立ち止まってしまわれたりすると参ります。すべてはお互いの身になって行動すればいいだけなのに、それができない人が増えているのです。

六十歳を超えてなお満員電車で通勤している友人は、最近は電車の座席を詰めない人が多いと憤っています。八人掛けのロングシートに七人、ひどいときには六人しか座れないように両脇十五センチほどの微妙な間隔を空けているそうです。コロナの影響で「ちょっと詰めて」とも言いにくいし「おかげで立ってるこちらが密ですわ」と嘆きます。

たしかにギューギューよりゆっくり座る方が快適でしょうが、日本人にあった利他の精神はどこにいってしまったのでしょう。徳島の子供たちにはそんな大人にならず、今の気持ちを忘れずにいて欲しいものです。

（2021/10/22）

大谷翔平の栄誉

二〇二一年度MLBのアメリカンリーグ年間最優秀選手賞を獲得した大谷翔平選手が、日本政府からの国民栄誉賞を辞退したというニュースがありました。

国民栄誉賞とは日本国民に大きな感動を与え、溢れんばかりの称賛を受けた個人や団体が受賞するもので、一九七七年にホームランの世界記録を打ち立てた王貞治選手を称えるために創設されました。以来これまでの四十四年間で二十六人と一チーム（ワールドカップで優勝したサッカー女子日本代表）が受賞しています。

そんな栄誉ある賞を大谷選手は「まだ早いので」と断ったのです。辞退といえば、同じくアメリカ大リーグで大活躍したイチロー選手も複数回の打診をすべて断っています。最初は大谷選手と同じく「まだ現役プレーヤーですから」とのことでしたが、引退後も「まだそのときでない」と受けないのです。私の敬愛する元阪急ブレーブスの福本豊さんは「そんなもんもろたら立小便もできなくなる」と辞退しましたが、イチローさんがまさか立小便をしたいがために断り続けているとは思えません。どうやら己の力だけで目の前の道を切り開いてきた彼の中では、お上が一方的に「はい、あげましょう」という国民栄誉賞は諸手をあげて受け取るものではないようです。

それは多くの国民も共感しているようで、イチローさんや今回の大谷選手の判断を支持する声が多いのです。その理由が曖昧な選考基準や、その時代の人気者に便乗しようとする政府の下心が垣間見えるからというのは困ったものです。そんな理由で本来「日本人の誇りだ」という人がもらうものだった国民栄誉賞の値打ちが落ちているのはさびしい限りです。

王選手のホームラン数がいよいよ世界一になるというときは日本中が大騒ぎでした。なにしろアメリカ国技の野球（ベースボール）で、その華ともいうべきホームランの記録を日本の選手が破ろうとしているのですから、巨人ファンはもちろん、普段はライバルチームを応援している人、あるいは野球にまったく興味がない人も、この世紀の瞬間を見ようと連日テレビの前に釘付けになったものです。当時はオリンピックに野球はなく、またＷＢＣなどの国際大会もなく、日本人が「ベースボール」に触れる機会といえば、シーズン終了後に読売新聞社が招待した大リーグのチームが来日する日米親善野球くらいでした。そこでは毎回数試合が行なわれるのですが、観光目的で遊び半分のチームにも日本チームはほとんど勝てませんでした。それほど当時の日本の野球とアメリカのベースボールには大きな力の差があったのです。

それが現代では多くの日本人選手が世界最高峰の大リーグで活躍し、MVPまで獲るのですからまさに隔世の感があります。遠く離れた日本のファンだけでなく、全米をも熱狂させた大谷選手には日本だけでなくアメリカの国民栄誉賞も与えられるのかもしれません。

しかし、野球に夢中の彼にとってはどんな賞よりもスタジアムで特大ホームランや百マイルを超す投球に狂喜乱舞する観客の拍手の方がよほど嬉しいでしょう。(2021/11/26)

ヒーローの誕生

女性宅に侵入し逃走した男を取り押さえ逮捕に貢献したとして、福岡中央署が福岡市に住む二十歳の男子大学生に感謝状を贈ったというニュースが二〇二一年十一月にありました。

この大学生は午後七時過ぎに福岡市中央区の長浜公園にいたところ「泥棒、泥棒！」と叫ぶ声に気付きました。声の方向に目を向けると、そこには三十歳の女性宅に侵入し金目の物を物色しているときに見つかった泥棒が逃げている光景がありました。大学生はすぐさま追跡に加勢し、五十メートルほど走ったところで見事に泥棒を捕まえたのです。

その様子を見ていた通行人はさぞかし面白かったことでしょう。なぜならこの大学生はそのとき、公園でアニメキャラクターのコスプレをしてインターネットで配信する動画の撮影中だったからです。一目散に逃げる男をアニメの主人公が追いかけているのですから、本物の捕物と思わなかった人もいたことでしょう。いきなりアニメキャラに追われた泥棒もわけがわからなかったのではないでしょうか。

大学生は「幼少期からアニメのヒーロー役に憧れ、以前から人助けがしたいと思っていた。『泥棒』という声を聞いたときは、体が自然と反応した」と話しています。東映の仁俠映画を観た人が一様に肩で風を切って映画館から出てくるように、彼もその瞬間は普通の大学生でなくアニメキャラクターになりきっていたのだと思います。そしてこの若者はアニメなどの作り物でなく、紛れもない現実の世界のヒーローとなったのです。

まるで青春ドラマ

修学旅行はただの物見遊山に終わることなく、訪問先で得たなにがしかの「収穫」を地元に持ち帰り、今後の人生に役立てて欲しいものですが、一生忘れないであろう素晴らしい経験をした中学生がいました。

奈良県警西和署が埼玉県久喜市立太東中学校の教諭や生徒たちに感謝状を贈呈したというニュースが二〇二一年十二月にありました。彼らは二泊三日の修学旅行で東大寺を見学し、次の目的地である法隆寺に向かう途中、駅のホームで「痴漢」と叫びながら男を追い掛けている女子中学生に遭遇しました。その瞬間、三十六歳の体育担当の男性教諭は急いで線路に飛び降り、約百メートル追いかけて男を取り押さえました。そして生徒たちは先生がダッシュすると同時に駅前の交番に駆け込み「痴漢があった。先生が線路の方に追い掛けていった」などと警官の出動を要請し、先生と生徒の見事な連携で犯人逮捕に貢献したのです。先生も生徒も誰に指示されたわけでもなく、女の子の声に反応し、そのときに自分に出来ることをすぐさま行動に移したのは見事です。日頃から正

(2021/11/26)

義感にあふれた子供たちだったのでしょう。

県迷惑防止条例違反容疑で逮捕されたのは六十一歳の男で、快速列車内で座っていた女子中学生の横に座り太ももを触ったといいます。この女子中学生もよく勇気を出して男を追いかけたものです。犯人を引き渡したあと、生徒らは当初の目的地の法隆寺に向かいましたが、教諭は警察に事情を説明するなどしたため法隆寺には行けませんでした。

しかし宿に戻ると事情を知っていた生徒から「かっこよかったです」と法隆寺が描かれたタオルやクッキーをお土産でもらったといいますから、本当に素晴らしい生徒たちです。この先生にしてこの生徒あり、まさに青春ドラマそのものです。埼玉の中学生がまったく知らない奈良の地で正義のために自然に身体が動いた、これ以上の「修学旅行の収穫」はありません。

（2021/12/03）

漢字マニアの目

兵庫県尼崎市の市立小学校が四年間にわたって別の小学校印を押した卒業証書を卒業生に渡していたというニュースが二〇二二年三月にありました。

この小学校では二〇一八年に卒業証書への押印をそれまでの実際の印鑑を使った手作

業から印刷に変更しましたが、その際に見本とした隣の小学校のものをそのまま使い続けていたというのです。なにしろ隣の学校ですから校名も一文字違いと似ており、さらに文字が「篆書体《てんしょたい》」という現代人には馴染みの薄い書体だったため、誰も気付かずに五百五十三人の卒業生に授与していたのです。

卒業証書はもらってきたその日こそ家族に「卒業したよ」と見せることはあっても、それ以降は筒に入ったままという人がほとんどでしょう。ですから卒業式当日を逃せばもうどんな間違いがあっても明らかになることはありません。では、なぜ今回誤りがわかったかというと、今年の卒業生の中に漢字マニアの児童がいて「あれー、このハンコおかしいぞ」と気付いたといいますから、痛快なことこのうえありません。

小学校ですから卒業証書授与式は児童一人ひとりが名前を呼ばれ、壇上で校長先生から手渡されたはずです。その校長先生以下、教頭先生や担任の先生、この四年間の卒業生とその父兄たち誰ひとりとして気付かなかった間違いを見つけたのですから大したものです。またその理由が「漢字が大好きだったから漢字だらけの卒業証書の隅から隅までしっかり見たから」だなんて、先生にしてみれば自分が気付かなかったことは棚に上げ、教え子のお手柄はさぞかし誇らしかったことでしょう。この子の国語の通知表が5

でなかったら、今からでも満点に書き直したいと思っているかもしれません。

本来、印鑑はその書が間違いないと証明するもので、そのためひとつひとつ確認の上で押印されるべきものです。印刷により大量に生産される時点で、既にその「印」は単なる飾りでしかありません。ですから卒業証書に印があろうとなかろうとどうでもいいようなものですが、やはり赤い印があるほうが収まりが良いようで、なかなか「印なし」とはいかないようです。

私はサインを頼まれると〝百田尚樹〟の名前のほかに百田尚樹本人が書いたものという証のために落款という「印」を押しています。サイン本をお持ちの方はご確認いただけると思いますが、その落款の囲みの線はところどころ欠けています。これは別に古くなってキズがついたわけではなく、この世に一つのものとするためあえて最初からそのように細工してあるのです。ですから仮に誰かが百田尚樹を騙って落款付きのサインをしても、それが本物かどうかすぐにわかります。

もっとも現代ではどんな印影もパソコンを使えば一発で複製できますので、それも自己満足に過ぎないのかもしれませんが。

（2022/04/08）

ただ目の前の命を救うため

救命活動中に、一般市民に医療行為を指示したとして、愛知県豊橋市の消防本部職員が懲戒処分を受けたというニュースが二〇二二年三月にありました。この職員は救急救命士の資格を持つ五十三歳の救急隊員で、その日現場に到着するとすでに一般市民の方が応急処置に当たっていました。

隊員が確認すると要搬送者はすでに心肺停止中の状態です。それでもその人は心臓マッサージを繰り返します。なかなか的確な処置に驚いた隊員が職業を聞くと「看護師」といいます。これほど心強い援軍はいません。隊員は瀕死の要搬送者に「静脈路確保」の必要があると判断し、看護師さんに「お願いできますか」と尋ねました。

本来、救急救命士の資格がある自分もそれを行なうことができますが、一刻を争う中で「ここはその道のプロに任せた方が良い」と判断したのです。点滴を受けたことがある人、あるいは採血のときもそうですが、人間の血管を探すのは難しいものです。慣れない看護師さんは腕を叩いたりさすったりしてなかなか針を刺そうとしません。そしてようやく刺しても「あれー」なんて言いながら腕の筋肉の中で血管を求めて針をぐりぐりするのですから痛いったらありゃしません。

果たして今回の現場に居合わせた看護師は難なく静脈路を確保しそこからの薬剤投与により要搬送者はようやく意識を取り戻し一命を取り留めたということです。事後隊員は上司に「処置は自分がやった」と虚偽の報告をしていましたが、これは救命を手伝ってくれた一般市民の看護師を巻き添えにしたくないとの配慮もあったのでしょう。最悪の結果を招かないためにルールは設けられています。それを逸脱した今回の隊員は反省はしても、自らの機転が人ひとりの命を救った行動自体は後悔していないでしょう。

ルール、ルールとあまりに厳しく言うと「別にこの人がどうなろうと知ったこっちゃない、それよりも無理をして処分されたら大変」なんて考える隊員が出てきても不思議ではありません。そんな隊員を責めるわけにはいきませんが、私が要搬送者だとしたら、そんな隊員に当たりたくないのは事実です。もっとも多くの救急隊員はルールはルールとして、やはり目の前の命を救うことに全力を尽くすでしょう。しかし、その度にまた処分者が出るのかと思うと、なんだかやるせない思いです。

(2022/04/22)

第八章　納得いかん

軽すぎる罰

埼玉県桶川市などで自転車に乗り、走行中の自動車の前にいきなり飛び出しドライバーを驚かせていた三十三歳の男に懲役八ヶ月の実刑判決が言い渡されたというニュースがありました。

この男は片側一車線の道路で対向する自動車に突っ込む素振りを見せて、ドライバーに急ブレーキを掛けさせるなどしていたのです。さらにその行為を咎められると、反省するどころか注意した相手に対し暴行をはたらく狼藉ぶりでした。ひとつ間違えば大事故にも成り兼ねないこの危険な行為の目的が「びっくりする様子を見るのが楽しかった」なんて、とても三十三歳の大人の言葉とは思えません。

私も自分でハンドルを握りますので、この男の行為は許すことが出来ません。こんな身勝手な男でも、もし事故になればドライバーが罪に問われます。今でこそドライブレコーダーで自動車だけが悪いのではないことがわかりますが、もしそれがなければ加害者と言うべきとんでもない男が〝被害者〟となってしまうのです。こんな馬鹿な話はありません。

そして今回のニュースで最もおかしいと感じるのは、被告人への判決が懲役八ヶ月だったことです。なぜなら、この男は二〇二〇年二月に同様の行為で懲役二年、執行猶予四年の有罪判決を受けていた中での今回の事件だったからです。前回の判決は「あなたは本当は刑務所に入らないといけないのですが、今回だけは勘弁してあげます。その代わりこれから四年間はおとなしくしておくように。もし信頼を裏切るようなことがあればすぐに刑務所に入れますよ」というものだったはずです。ところがこの男はそれからわずか一ヶ月ほどでまた同じ罪を犯したのです。で、納得いかないのは今回の判決が懲役八ヶ月というものです。前回の懲役二年はどこにいったのでしょう。最低でも懲役二年、いや再犯ですからそれ以上でなければ道理に合いません。

私は法律の専門家ではないので量刑における詳しい仕組みはわかりませんが、一般的な感覚ではどう考えても納得できません。なによりも法律は一般の善良な市民のものであって、法律のプロのものではないはずです。もちろん犯罪者のものでもありません。

（2021/05/21）

新幹線の無人運転

走行中の東海道新幹線の運転士が便意を催し、トイレに行くため約三分間にわたって運転席を離れていたというニュースがありました。そのあいだ新幹線は時速百五十キロで走行を続けましたが、乗っていた百六十人程の乗客にはケガなどはなかったということです。

このニュースには驚くことがいくつもありました。まず新幹線は運転士がいなくても動くんだということです。列車は線路の上を走りますからハンドル操作は必要ないにしても、スピード調整をしなくてはなりません。今回の運転士は席を離れる際、アクセルをオフにしていたそうですので惰性で走ったのでしょうが、さすが超特急、それでも百五十キロをキープしたようです。そして、今回の事案の発覚は日本でなければあり得ませんでした。なぜなら新幹線は走行中の列車すべてが秒単位で管理されており、今回はアクセルオフのためスピードが落ち、途中駅を通過するのが一分遅れたことで指令センターが異変を感じたというのですからなんと細かいことでしょう。

そんな積み重ねが日本の鉄道定時運行率世界一を支えていると思うと頭が下がります。また、今回の乗客が百六十人というのも考えさせられます。新幹線は十六両で一編成ですから、一両にたったの十人ほどしか乗っていなかったのです。いかにコロナ禍とはいえ、これではとても採算はとれないでしょう。「他県への移動を控えろ」というお上のお達しを忠実に守る日本人。その結果、減便で不便を強いられるのも日本人です。待ち時間なしでいつでも乗れるのが航空機と比べて新幹線の一番のメリットでしたが、今後それもどうなることやら。そしてなにより驚いたのは、全長四百メートル、最大で千三百名の乗客を運ぶ新幹線に、運転士の代替要員がいなかったことです。

現代の旅客機はコンピューター管理により、極端にいえばプログラムさえセットしておけば、離陸から着陸まで機器に一切手を触れなくても運航できるようになっているそうですが、コックピットは常に機長と副操縦士の二人体制です。さらに機内での食事も、万一同時に体調を崩すことのないよう、必ず違ったものを食べるという念の入れようです。もちろん空の上と地上との違いはあるとしても、満席なら航空機よりはるかに多くの乗客が乗る新幹線の運転を、たった一人で担っているのです。それを可能にしているのは指令センターをはじめとする、利用客から見えないところで働く多くの人たちのおかげだと考えると、実際の運転士は一人でも安全運行には総力戦で当たっていることがわかります。

東海道新幹線が開通したのは一九六四年、前回の東京オリンピックの年でした。当時は〝夢の超特急〟と呼ばれた新幹線も、今では通勤に利用する人までいる日常の風景となっているのは、時の流れを感じさせ感慨深いものがあります。

（2021/05/28）

殺人事件の影響

幼ない小学校一年、二年生の児童八名が鬼畜のような男に殺された、大阪教育大学附属池田小学校事件から六月八日で二十年が経ちました。当時、我が家の子供たちも小学生でしたから、この忌まわしい事件を伝えるニュースを身体が震えるほどの怒りをもって聞いたことを昨日のことのように覚えています。

小学校入学は、親にとっても大きな環境変化となります。それまで一日のうちの大部分を一緒に過ごしていたのが、学校に送り出したら下校まで離れ離れになるのです。入学当初は、ちゃんと先生の言うことを聞けているのか、また友達と仲良くできているのか、心配が尽きません。そして笑顔で帰って来たときには、楽しく学校生活が送れていることがわかりほっとしたものです。

そんな最も安全であるべき学校という場所で起きた凶行に、世の親たちは青ざめました。犯人の男は劣等感の塊で、エリート校に通う子供たちをあえて狙ったと供述しました。その言葉を、関西屈指の名門小学校への入学を許されたことを喜んだ親たちが、どんな気持ちで聞いたのかと考えるといたたまれません。

残念なのは地元でも有名な悪党だったこの男が野放し状態だったことです。十五回もの逮捕歴があったにもかかわらず、初犯の強姦事件を除きすべて精神障害を理由に不起訴処分になっていたのです。これだけ犯罪を重ねていてもお咎めなしとは、日本の司法は機能していないのと同じです。加害者の人権を慮ったばかりに八人の子供たちが犠牲になったと思うと、悔しさで気が狂いそうです。

新聞各紙は二十年という節目にあたって、ケガをしたもののなんとか命を取り留めた児童、そして遺族の方々の現在を伝えています。当時の児童は二十八歳前後になっていますが、身体に残る切られた跡だけでなく心にも大きな傷跡が残り、事件のことはほとんど話していないようです。五年、十年、二十年と私たちは簡単に節目という言葉を使いがちですが、「二十年たっても節目という思いはない。娘を思いながら一日一日を重ねている」という遺族の言葉の重さには一言もありません。

事件以降、全国の学校で安全対策面の見直しが行われました。私が子供の頃、放課後や休日にはいつも校庭から子供たちのにぎやかな声が響いていましたが、今日曜日に家の近所を散歩し小学校の前を通ると校門は固く閉ざされ、その隙間から人っ子ひとりいない校庭が見えます。「安全な学校」の答えがこれだとしたら、なんとも寂しいかぎりです。

(2021/06/18)

髪型の問題

「地毛証明書」。聞きなれないこの証明書は、学校において人工的に手を入れた（パーマにより形状を変えたり、染色で色を変えたりした）頭髪でないことを証明するものです。たとえば、生来の金髪である外国人の生徒が金髪なのは構わないが、「地毛証明書」に〝黒〟と記されている生徒が茶色の髪で登校してきたら「黒に戻しなさい」と指導するのです。学校側からしたら「生まれつきです」と言い逃れできないようにするためのものですが、その「地毛証明書」が三重県の全ての県立高校で廃止されたというニュースがありました。

大阪府で頭髪に関する校則を理由に不登校になった生徒が提訴したことを受け、三重県教育委員会が昨年度、各学校に対して「時世に合わない校則の見直しを積極的に行うこと」を要請した結果、おととし十一月の時点では県内五十四校中十七校で導入されていた「地毛証明書」が、今年四月の時点でゼロになったのです。

しかしながら、「地毛証明書」がなくなったといっても、多くの学校では「金髪」、「パーマ」、「ツーブロック」などを依然として禁止しています。その理由を「学業を優先するため」、「トラブルに巻き込まれないため」、「高校生らしくするため」としていますが、どれも説得力に欠けます。特に高校生らしくとなると、大人の理想の押し付けのようでいただけません。

たしかに服装、頭髪の乱れが非行につながることはあるでしょう。しかし、日本人の頭髪といえば〝黒〟だった時代とちがい、現代の街中には茶色や金はもちろん赤やピンクまであふれています。その中にはしっかりとした考えを持って生きている〝黒以外〟も大勢います。周りと同じ頭じゃないから〝不良〟と決めつけるわけにはいかないのです。

また、平日は制服で登校している高校生も休日ともなると大人顔負けの格好で街を闊歩しています。そんな彼らを一律に「こうあるべきだ」と括るのには無理があります。選挙権も十八歳からになったことですし、もはや彼らの自主性を尊重して校則全廃でもいいのかもしれません。もちろんその前提には他人に迷惑、不快感を与えないことは言うまでもありませんが。

髪形の参考にしようにも雑誌のヘアカタログくらいしかなかった私の学生時代と違って、現代ではインターネットやSNSでいろいろなおしゃれ情報を得ることができます。よし、私もこれから……いいえ、手遅れでした。なんせ見る影もないゼロブロックですから。

(2021/06/25)

役人が信用できない

新型コロナウイルスの影響で売り上げが減少した中小企業などを支援する、国の家賃支援給付金を不正に受け取ったとして、経済産業省のキャリア官僚二人が詐欺の疑いで逮捕されたというニュースがありました。

二人は営業実態のないペーパーカンパニーを受け皿に、上限六百万円の家賃支援給付金を約五百四十九万円だまし取っていたのです。この家賃支援給付金は経産省の外局である中小企業庁が所管しています。言ってみれば自分たちで作った制度ですから、その申請や審査の仕組みを熟知していたのでしょう、すんなりと給付金が彼らの口座に振り込まれました。

藁にも縋る思いで給付金を申請する本物の困窮者の多くは、首を長くして待った給付金を借金の返済に充てますが、コロナで収入が減ったわけでもない彼らは給付金で高級時計やブランド品を買いあさっていたといいますから、とんでもない奴らです。

共に二十八歳のこの二人は高校時代の同級生ということで、さぞかし優秀（勉強ができる）な学校出身だったのでしょう。しかし、いくら試験でいい成績をとれても、コロナ禍で多くの国民が困っているのを間近で見ながら自らの私利私欲を優先させるのですから、役人の風上にも置けません。普段、公務員は法律でその身分が守られています。それだけに、その信頼を裏切ったときにはより厳しい処分を下してもらいたいものです。

家賃支援給付金は、三月までに約百四万件、約九千億円が給付されましたが、他にも不正受給者はいるはずです。今のところ全国で十二人が詐欺容疑で摘発されていますが、こんなものではないでしょう。なにしろ審査を厳しくすれば、本当に困っている人の手に届くまでに時間が掛かると振り込みを急いだのですから、網の目は大層大きかったはずです。今ごろ全国各地で「しめしめ、うまくいったわい」とほくそ笑んでいる奴らがいると思うと歯がゆいばかりです。

給付金といえば緊急事態宣言、まん延防止等重点措置により営業が制限された飲食店にも、協力金の名目で長期間にわたり金がばらまかれました。もちろん協力要請により大きな損害を被った店舗もあるでしょう。しかし、休業による給付金で通常営業するよりはるかに利益が上がった店が多かったことも事実です。特に自宅でひとりで、あるいは夫婦だけで営んでいるような店は大儲けです。家賃や人件費はもちろん、仕入れ代もなしでそのまま利益となるのですから、そんな店は「永久に宣言を出しといてくれ」と思っていることでしょう。

現在でも東京、大阪など対象地区は夜八時までの営業に加えて酒類の提供は午後七時までと制限されていますが、もう付き合いきれないとばかりに通常営業に戻す店も増えています。そしてそんな店に客が集中しています。すべてが公平になることは難しいにしても、国や自治体のその場しのぎのあまりにも理不尽な対応には不信感が募るばかりです。

（2021/07/03）

スマホNO

人身事故で鉄道が遅延といえば、そのほとんどが飛び込み自殺によるものです。ひとたび事故が発生すると長時間にわたって運行がストップし、多くの人に迷惑がかかりますので絶対に線路を死に場所にするのはやめてもらいたいものです。

それでなくても生きる希望をなくした人が、確実に死ねる方法として大きな鉄の塊の下敷きになることを選ぶのは、とてつもなく悲しいことですから。

東京・板橋区の踏切で三十一歳の女性が電車にはねられ死亡しましたが、警察はこれを自殺ではなく事故として処理しました。なぜなら警報機が鳴り始めた踏切内に女性がスマートフォンを操作しながら入っていく様子が監視カメラにしっかりと映っていたからです。思いつめ、自ら命を断とうとする人間が〝ながらスマホ〟で呑気に歩くなんて到底考えられませんので、警察の判断は間違っていないでしょう。

そして、踏切に入った女性が線路を越えて反対側に渡り終える前に遮断機が下りてしまいました。普通なら遮断機を持ち上げ急いで外に出るものですが、この女性はそのまま遮断機の前で立ち尽くし、スマホ操作を三十秒ほど続けたところでやってきた電車にはねられたのです。どうやら女性はスマホに夢中になり、自分の立っている場所が踏切の外だと勘違いしたようです。この踏切は人通りの多い場所にあり、普段から〝ながらスマホ〟で歩く人も多かったようで、この女性もそんな風景の中にすっかり溶け込み、踏切という危険な場所での緊張感が薄れていたのかもしれません。

それにしても、彼女の見ていたものがＬＩＮＥだったのかＹｏｕＴｕｂｅだったのか、はたまた配信された漫画だったのかは定かでありませんが、そのときにどうしても見なければならないものだったのでしょうか。そのために、すぐそこまで迫っている死にまったく気づかず一瞬にして命を落としてしまったのですから、なんとも哀れなことです。

一歩でも家から出たら街中は危険がいっぱいです。そんなところでの〝ながらスマホ〟なんて、目隠し状態で一切注意を払わずに歩いているのと同じです。今回亡くなった女性本人にはそのつもりはなかったのでしょうが、やっていることは「自殺行為」だったのです。そして、なによりも恐ろしいのは、事故当時、踏切周辺には多くの人がいたのに誰ひとり女性に声を掛ける人がいなかったことです。その理由が、その人たちもみんな〝ながらスマホ〟で画面に夢中だったからだとしたら……。

この国はいったいどうなってしまったのでしょう。

（2021/07/25）

情けない忖度

オリンピックは金《きん》を目指して人類がしのぎを削るものだったはずが、いつの間にか金《かね》が目的になってしまったのは寂しいことです。茨城カシマスタジアムにおいて七月二十二日、二十五日、二十七日に行われる東京オリンピックのサッカー試合を観戦する小学校で、「観戦時に持ち込む飲み物はオリンピック公式スポンサーのコカ・コーラ社の製品にすること、そうでない場合はメーカー名がわからないようにラベルを外すこと」と指示した文書が配布されたというニュースがありました。

公式スポンサーは莫大なスポンサー料を支払っていますので、スタジアム内での独占販売など優遇されることはありますが、子供たちが家から持ってくる物にまで規制をかけようとするのは明らかに行き過ぎです。スポンサーはオリンピックという世界中が注目するイベントで、商品を宣伝するとともに企業としてのイメージアップを図ります。それなのにこんなケチなことをすれば、意地でも「〝おーいお茶〟を飲んでやる」と逆効果になりかねません。

コカ・コーラ社は当然そんなことはわかっているでしょうから、この呆れた指示はスポンサーの顔色ばかりうかがっている組織委員会、あるいはまたそこの顔色をうかがった教育委員会、さらに教育委員会の顔色をうかがう学校長のいずれかが忖度して出したのでしょう。いずれにしてもコカ・コーラ社としたら大迷惑な話です。自分たちの与り知らないところで「みみっちい会社」とされてしまったのですから。もはや名誉挽回には「飲み物は十分に用意してあるから、みんな手ぶらでおいで」と言うしかないでしょう。

最高位スポンサーのトヨタ自動車は、「こんなやつらに関わって仲間と思われたらかなわん」とばかりにオリンピックCMの放送取り止めを決めました。

新国立競技場建設問題に始まって、公式エンブレム盗作問題、開会式での不適切演出問題、さらに開幕四日前になって突然の音楽制作担当者の辞任と、ゴタゴタ続きの東京オリンピック。自国開催でありながらこんなにも高揚感なく開幕を迎えるとは思いもよりませんでした。運営に携わる間抜けな連中のために今回のオリンピックが「大いに盛り上がって、この上ない感動を呼び起こすだろう」という日本国民やスポンサーたちの目論見を大きくはずすものに成り下がってしまったのは残念でなりません。

(2021/07/25)

法治国家の矛盾

走行中の小田急電車内で三十六歳の派遣社員の男が、乗り合わせた女子大生を刃物で刺し重傷を負わせ、さらに九人にもけがを負わせるというとんでもない事件がありました。

犯行時、場所が電車という閉鎖された空間内だっただけに、逃げ惑う乗客で車内は騒然となりました。逮捕された男は調べに対し、「出会い系アプリで知り合った女性に冷たくされ、誰でもいいから幸せそうな女性を殺したかった」と供述しています。なんという身勝手な言い分でしょう。モテないのは誰のせいでもありません。男自身に魅力が無かったからです。自分のうっぷん晴らしのために何の罪もない他人の命を狙うなんてケダモノ以下です。そもそも刺された女子大生が男の狙う理由としていた〝幸せ〟だったかなんてわかりません。

そんな誰も許すことのできない犯人の量刑は、懲役十二年、あるいは十三年ではないかと言われています。なぜなら一人の死者もなく、あくまで殺人〝未遂〟事件だからです。二〇一九年六月、大阪府吹田市の交番で警察官を包丁で襲った上に拳銃を奪って逃走した男の裁判員裁判では八月十日に懲役十二年が言い渡されています。この事件は私のよく知る地域での発生で、その後しばらく犯人が捕まらなかったこともあり、成り行きを緊張感を持って見守ったことを覚えています。襲われた警察官は現在でこそ幸いにも復職していますが、一時は社会復帰も危ぶまれるほどの大けがでした。そんな大事件を起こした犯人がたったの十二年の懲役なんて軽過ぎますがこれが現実なのです。

さらに腹立たしいのは刑務所内でおとなしくしていれば〝模範囚〟として、さらに短い期間で一般社会に戻ってくるかもしれないことです。セカンドチャンスを与えるなとは言いませんが、それも相手によりけりです。国民を守る警察官を襲ったり、無差別で他人を襲うような輩は、二度と社会に出てきて欲しくありません。

頭のおかしい奴らの人権擁護のために、善良な市民が怯えて暮らさなければならないような社会は真っ平ごめんです。日本は法治国家ですから、法律に基づいて処罰されることに異論はありませんが、最近の判決では刑罰があまりにも国民感情と乖離しているように感じます。時代の変化と共に立法時には想定していなかったことも起こるようになっています。柔軟な法改正こそ、遵法のため、そして一般市民の安全のために不可欠なものではないでしょうか。

（2021/08/13）

歩行者の定義

二〇二一年二月に神戸・三宮の路上で発生した死亡事故で、自動車運転処罰法違反（過失致死）容疑で逮捕された後、不起訴となった男性について、神戸第一検察審査会が不起訴不当を議決したというニュースがありました。

この男性は二月十七日の朝四時半ごろ神戸市で駐車場から右折で道路に出る際、路上で寝ていた大学生に気付かず轢いて死亡させていました。当初この事故を扱った神戸地裁は「路上に寝ている人の存在は予見困難」と判断し不起訴にしていましたが、今回審査会は「繁華街は他の場所と比べ人が寝ている危険性が高いので、その予見は可能」だと覆したのです。これで男性はお咎めなしから一転して裁判にかけられ、罪を問われることとなりました。

車を運転するときには前後左右はもちろん、車の上や下の空間にも注意を払わなければなりません。すべては事故を未然に防ぐためです。それにしても二月、真冬の早朝に道路に人間が寝ているなんて、どれほどの人が予見できるのでしょう。言うまでもなく道路は人の寝る場所ではありません。百歩譲ってめったに車の通らない田舎道ならまだしも、車の往来の激しい都会の道ならなおさらです。それを「気付かないお前が悪い」

とされたのでは、亡くなった大学生は気の毒だとは思いますが、運転者からすれば罠にはめられた気分かもしれません。

人里離れた山奥の道での運転は「路面に飛び出すシカやイノシシ」との衝突に注意を要しますが、これからは都会の多くの人であふれる繁華街では「路面に寝ている人」に特に注意が必要になるのです。それにしても公道で歩行者が保護されるのは当然だとして、果たして路上で寝ている人は〝歩行者〟と言えるのでしょうか。

(2021/10/15)

×をつける覚悟を

二〇二一年十月三十一日に衆議院選挙の投開票が実施されましたが、そのときもう一つの投開票も同時に行われました。

それは最高裁判所裁判官国民審査です。衆院選挙が国会議員にふさわしい人を選ぶものなのに対し、最高裁判所裁判官国民審査は逆に最高裁判所の裁判官のうち「この裁判官はダメだ」という者を国民が辞めさせる(罷免)ものです。

岐阜県下呂市の投票所で国民審査の説明をする際、誤った方法を伝えていたことがわかりました。本来ならやめさせたい裁判官に「×」を付けるよう説明すべきところを、

「○」と書くように言ってしまったのです。三、四人に対しそんな説明をしたところで投票管理者が気付きましたが、実際に「○」と書いた有権者がいたかどうかは不明といいます。

国民審査では、「×」以外の記号を書いた票は無効になり、「×」が全体の半分を超えるとその裁判官は罷免となってしまいます。本来ならあってはならない間違いですが、説明した係員はそれほど気にしなくてもいいようです。なぜなら、今回の十一名の審査対象者のうち一人も罷免された裁判官がいなかったからです。それも全員の罷免を可とする「×」が七%前後で並んでいるという、これが本当に民意の表れかというような状態だったからです。

これほどまでに似通った「×」の割合なんて、ほとんどの有権者は「×」と書かなかったか、また逆に「×」を付ける人は全員をそうしたからに違いありません。そもそも投票所に赴く有権者の中で、はたしてどのくらいの人が国民審査を意識しているのでしょうか。ほとんどの人は会場で投票用紙を渡されてはじめてその存在を知ることでしょう。

最近では「表現の不自由展開催」、「夫婦別姓」、「沖縄米軍基地移設」など、私たちの暮らしに大きな影響を及ぼす判断が裁判によって方向付けられていますが、国民から見たら「なんでそうなるの」と感じる判決も少なくありません。民意を反映するために裁判員裁判があるといっても、判決の最終決定権は〝プロ〟裁判官が持っています。それだけに民意を推し量ることが出来る〝まともな〟裁判官が不可欠ですが、議員選挙が政見放送、ポスター、街宣車、街頭演説などで候補者を知ることができるのに対し、国民審査において我々が裁判官のことを判断する材料は極めて乏しいのが現実です。

日本人は国民性として、人を悪く言ったり追い込んだりすることを嫌います。ましてやその対象が見ず知らずの人となるとなおさらです。かくして過去に遡っても一人も罷免者がいない、名ばかりの国民審査が続いているのです。

（2021/11/12）

人権とは犯罪者を守るものなのか

神戸市北区で親族や近所の人など五人を殺傷したとして殺人などの罪に問われた三十歳の男性の裁判員裁判で、神戸地裁が無罪を言い渡したというニュースがありました。

この事件は二〇一七年七月に被告人の男性が同居する祖父母と近所に住む女性の計三人を包丁で刺すなどして殺害したほか、母親ら二人を金属バットで殴り殺害しようとしたものです。実際に三人の人が亡くなっているのに死刑はおろか、何の罪にも問われないなんていったいどうなっているのかと思いきや、この被告人が犯行当時「心神喪失の状態であった疑いが残るから」だと聞いて、何とも言えない虚脱感に襲われました。

刑法三十九条一項で「心神喪失者の行為は、罰しない」と定められています。これは罪を罪として認識できない者は責任能力がないため処罰しないとするものです。この被告人は犯行時から心身の異常が疑われていました。そのため検察は起訴前に二度の鑑定留置を行い、その結果刑事責任能力を問えると判断したのです。しかし、裁判所は被告人が〝犯行を認めていた〟のにもかかわらず、検察の判断は誤りだったと結論付けたのです。精神に関する医学的知見に乏しく、また法律の専門家でもない素人の私ですが、犯行を認める、すなわち自分のしでかしたことがわかる者に責任を問えないのは、どう考えても納得できません。

「判決を聞き、ただただ絶望しています。何の罪もない三人が無法に命を奪われたのに犯人は法律で命を守られたことには到底納得ができません。私たちと同じような思いをする人がいなくなるよう、責任能力という制度と運用を見直すきっかけにしてほしいです」

と言う遺族の無念を思うと言葉がありません。

（2021/11/12）

新人の見識

二〇二一年十月三十一日に行われた衆議院議員選挙で当選した議員の初登庁の様子が伝えられました。初めて国民から選ばれた新人議員は誰もが緊張の面持ちで、これからの議員生活を「よし、国民の、日本国のために頑張るぞ」と思ったことでしょう。ぜひ、いつまでも初心を忘れず、これから目の前に数多く現れるであろう甘い誘惑に負けることなく働いてもらいたいものです。

そんな国会議員に、十月三十一日分の文書通信交通滞在費（文通費）として一律百万円が支給されたというニュースがありました。文通費とは、その使途に制限なし、領収書の必要なし、余っても戻す必要なし、それも非課税の、これほど都合のいい〝お小遣い〟はないというものです。それが、たったの一日で一ヶ月分満額がもらえるのですから、やはり議員は〝おいしい商売〟のようです。衆院解散前までは丸山穂高前衆院議員が議員に支払われる「金」がいかに浮世離れしているかを再三指摘していました。彼が議員でなくなった今、またそれらは藪の中になるのかと心配していましたが、今回の文通費のおかしさを〝国会議員の常識〟に染まる前の新人議員が指摘したのには救われました。

そもそもなぜ、十月三十一日分が支払われるのでしょう。この日はただ選挙を行っただけではないのでしょうか。議員活動はしていないでしょう。それに開票は三十一日の午後八時からで、すべての結果が判明するのは翌十一月一日です。テレビで「当選確実」といっても、それはテレビ局が勝手に言っているだけです。百歩譲って「当選確実」で当選だとしても、それなら接戦で当確が未明まで出なかった候補者は議員になっていないことになります。いずれにせよ十月三十一日に全員が議員であるとするにはあまりにも無理があるのです。

この事実が判明するとテレビでは評論家やコメンテーターがこぞって批判を開始しましたが、その中には元国会議員の方もいます。自分が議員のときには何も言わずポッポないないしておきながら「こんな非常識はおかしい」と攻撃するとは見事な厚顔ぶりです。

誰がどう見てもおかしいこの制度ですが、国会議員が返納することは公職選挙法で禁止されている寄附行為に当たるとされ、法改正をしないとできないそうです。それなら法律を作るのは国会議員自身なのですからさっさと法改正すればいいのです。心配しなくても議員定数の削減、議員報酬の削減、これに反対する国会前での抗議行動は絶対にありませんから。自分たちがやる気さえ出せばすぐにでも出来ることをやらないのは「やりたくないから」にほかなりません。どうしても自分たちで出来ないのなら、それこそお得意の分科会の〝専門家〟にでもお願いするべきです。

なにより国から支払われるものを辞退返納することがどうして公職選挙と関係あるのでしょう。寄付ならもらった側がその見返りとして投票することもあるでしょうが、国庫に戻したところで選挙に有利になることなんてないでしょうに。批判を恐れた政党、議員はそろって「百万円は寄付する」と表明しましたが、国民が怒っているのは、百万円が議員の懐に入ることではなく、いわれのない金が支払われたことに対してです。働いた見返りでもない金を当然のように受け取って「寄付したからいいでしょう」なんてとんでもない話です。

そういえば当て逃げ事故を起こした東京都議も、議会を欠席していた期間の給料は寄付したと自身を正当化するように言っていました。寄付は人の金でなく自分で稼いだ金でするものです。こんな当たり前のこともわからない人たちが、残念ながら今の我が国の議員なのです。

(2021/11/19)

動きたくない労働者

転勤拒否を理由に懲戒解雇されたのは不当だとして、五十五歳の元社員の男性が起こした裁判の判決が大阪地方裁判所で言い渡され、男性の主張がすべて退けられたというニュースがありました。

この男性は元々はシステムエンジニアとして働いていましたが、そのときは大阪市内にある事業所で郵便物の仕分けなどをしていました。その後、その事業所の閉鎖が決まり、それに伴って神奈川県川崎市にある別の部署への転勤を命じられました。しかし、彼は父子家庭のため育児に支障が出るとして転勤を拒み、いつまでたっても赴任しなかったため会社側が「言うことを聞かない奴はクビだ」と懲戒解雇にしたというのです。

この男性の家族は自家中毒の持病がある十三歳の長男と白内障を患う七十七歳の母親で、単身赴任で二人を残していくのは無理、また引っ越しによって環境が変わり長男の病状が悪化するおそれがあったため転勤は出来なかったとしています。

企業は人で成り立っています。大切な社員を守るためにもう少し柔軟な人事ができなかったのかと、元社員に同情的になりつつ記事の続きを読んだところ、その想いは一気に変わりました。なぜなら男性の事情を考慮した会社側からは、引っ越しを必要としない大阪でのシステムエンジニア職への復帰や清掃会社への出向も持ちかけられていたことがわかったからです。それを男性は「そんな仕事はイヤだ」と断ったのです。

最近は「働き方改革」とやらで、やたら労働者の言い分が尊重されていますが、企業が社員がいなくては困るのと同時にそこで雇われている社員も会社がなくなっては困るはずです。人事異動は会社の発展のために不可欠です。社員である以上は会社の方針には従わなければなりません。そもそも入社の際に転勤の可否は確認されているはずです。入ってしまえばこっちのものとばかりに権利を主張するのはアンフェアでしょう。その意味では今回の判決は妥当だと思います。

私にも全国各地へ転勤を繰り返している友人がいます。彼は「自分は自ら選んだ仕事だから納得しているが、何度も転校した子供を思うと申し訳ない気にもなる」と言います。彼の子供は幼稚園から高校まですべて複数の学校に通いました。ですから一ヶ所での思い出は薄く、幼馴染やふるさとを持たない人生なのです。「その代わり大阪弁、博多弁、静岡弁、標準語を話せるようになった」と笑う姿に「サラリーマンは大変だな」

とつくづく思います。

転勤といえば、一つの地域に長く居続けることにより、その地域の人々と私的な交流が生まれ、それによって公平性・中立性が阻害されてしまうことを避けるため、裁判官もほぼ三年ごとに異動を命じられます。有無を言わさずそれに従わざるを得ない裁判官からしたら、今回のわがままで転勤を拒む社員は「ダメ社員」としか映っていなかったのかもしれません。

(2021/12/03)

ザルの網目が大きすぎる

アクセルとブレーキの踏み間違いなど、高齢者の運転操作ミスによる事故が後を絶ちません。そのため二〇二二年五月から七十五歳以上の一定の違反歴があるドライバーを対象に免許更新時に「運転技能検査」の受検を義務づけることになりましたが、このたびその内容が決まったというニュースがありました。

この検査は受検者が百点を持ち点とし、実際の車の助手席に検査員を乗せ教習所や免許センター内のあらかじめ決められたコースを走るもので、方向指示器を出し忘れたり停止線をオーバーしたりするたびに減点され七十点を切った時点で「不合格」となるものです。ですから軽微な違反や、ちょっとしたミスだけなら検査は続行され、そのあと頑張れば合格できます。しかし、逆走や信号無視はそれ一回でアウトとするそうです。そりゃそうでしょう、逆走や信号無視は死亡事故にもつながりかねない重大な違反です。「一回だからまあいいか」で済むものではありません。それだけで十分に免許剝奪に匹敵するものです。

一発アウトは大賛成ですが、問題はそのあとです。なんと不合格者は期間内なら合格するまで何度でも再受検ができるというではありませんか。九回連続逆走による不合格のドライバーが十回目にようやく合格したとして、そのドライバーの技量が安全基準に達しているとは到底思えません。合格したその一回は単に「まぐれ」だと考える方が自然です。また、その「まぐれ」が一回目にくるということもあるでしょう。本当に安全を担保したいなら「五回連続で合格点を取らなければだめ」というくらいの厳しさが必要だと思います。

どれだけ素晴らしいルールも、それを的確に運用しなければ効果は期待できません。これだけ高齢者の事故が多くなれば運転免許の年齢制限もやむを得ないでしょう。しかし、それに対しては「高齢者といっても元気な人もいる、一概に年齢で判断するべきではない」という意見が必ずでてきます。もちろん、個々の状態は千差万別ですから若者よりはるかに上手に運転する高齢者もいるでしょう。それを踏まえた上でも、全体の利益（無関係の善良な市民が事故に巻き込まれないこと）を考えた場合、一定の基準を設けることは合理的です。それでもなお年齢制限に反対する人は、身長が百七十センチを超え運動神経も抜群なら、それが十五歳の中学生であっても運転免許を与えろと言うのでしょうか。

（2021/12/24）

第九章　渡る世間は反面教師ばかり

下半身サギ

北海道・釧路警察署に、準強制わいせつの疑いで五十一歳の会社員の男が逮捕されたというニュースがありました。連日各地で口に出すのもはばかられるハレンチな事件が報告されていますが、この男のそれは行為そのものは勿論、その方法も相手の親切心につけ込むという卑劣極まりないものでした。

男は釧路市内のアパートの物陰に通りがかった二十代の女性を誘いこみ、けがで手が使えないとだまして立ち小便の手伝いを頼み、下半身を触らせていたのです。警察によりますと、女性は手伝った際に男の下半身に異変を感じたため不審に思い通報したということですが、もし〝異変〟が起こらなければ事件は発覚しなかったのでしょうか。

もっとも男の目的を考えると〝異変〟が起きないわけがないのでしょうが。ただ、被害者の女性もよく手伝おうと思ったものです。男が迫真の演技で切羽詰まった様子を演じ、仕方がないと思ったのかもしれませんが、見ず知らずの男の〝モノ〟を触るなんてナイチンゲールも驚く博愛主義ぶりです。

警察にはこの前後にも同様の被害通報が複数あったといいますから、男が日常的に同様の行為をしていたことは間違いありません。

それにしても言われるがままに手伝う「ナイチンゲール」が何人もいたことには驚きです。残念ながら、この手の犯罪者はもう病気と同じで刑務所に入れたところで出所したら再犯の可能性大です。病気なら手術をしてでも治さなければいけません。こんな男こそ、二度とわいせつ行為が出来ないように下半身を切り取って〝ないチン〟にしてやるべきです。

(2021/05/14)

見せかけの節約

兵庫県知事が斎藤元彦知事に代わって二〇二一年九月一日で一ヶ月になりました。前知事は知事公用車をトヨタの最高級車「センチュリー」じゃないと嫌だと言い張り、多くの県民の非難を浴びました。

なにしろ「センチュリー」のリース料は七年間で二千百万円もするのですから当然です。アラブの王様じゃあるまいし、県民を第一優先しなければならない県知事が自らの見栄のために惜しげもなく車に税金を使うなんて、県民は堪ったものではありません。新知事は七月の選挙で公用車の車種見直しを訴えて当選しましたが、こんなことが選挙の争点の一つになるとは兵庫県民として情けない限りです。

新知事が八月の定例会見で「センチュリー」について、公約通り「解約に向けて調整している」と説明したというニュースがありました。新たな公用車は「センチュリー」からワンボックス車に乗り換える方針だそうで、ようやく兵庫県にも経済観念のあるリーダーが現れたとホッとしましたが、記事を読み進めて「あれれ」となりました。

新知事は就任日以降、現在の公用車である「センチュリー」を使わず、職員用のワンボックス車「ヴェルファイア」を利用しているというのです。「センチュリー」のリース料は車庫に止めたままでも毎月発生しています。それなのに「センチュリー」に乗るのを避けるのは「私は前の知事とちがう」というアピールのためにしか思えません。県民が怒ったのは「センチュリー」の座席に座ることではなく、その車種を自らの欲のために選定したことに対してです。使えるものを使わないのはもったいないものです。

経済的な新公用車が来るまでは「センチュリー」を使うことこそ一番無駄なく合理的ですので堂々と乗ればいいのです。それに、一ヶ月間も「ヴェルファイア」を取り上げられた職員たちはその間どうしていたのでしょう。誰も乗らない「センチュリー」を使っていたのでしょうか。そうではなく車なしでも問題なく過ごしていたとしたら職員用に「ヴェルファイア」を常備してあることも〝無駄〟だということです。「センチュリー」の高額リース料ばかりが注目されますが、必要ないものに税金を使うのはたとえそれが少額であっても〝無駄〟です。

新知事の「センチュリー」からワンボックス車への乗り換えが単なるパフォーマンスでなく、本当に県民のために無駄な出費を抑えようとするものであることを切に願います。


(2021/09/05)

無断駐輪者へのサービス？

駅前など駐輪禁止の路上から強制撤去した自転車を、神奈川県小田原市の担当者が所定の手続きをとらずに処分していたというニュースがありました。

最近は駅や商店街など人の集まる場所には駐輪場が完備されることも多くなっていますが、お金を払うのが嫌なのか、はたまた決められた場所に停めるのが面倒なのか、好き勝手な場所に置いたまま自転車から離れる人が後を絶ちません。そこかしこに放置された主のいない自転車は通行の邪魔になるだけでなく、場合によっては事故を誘発することにもなりかねません。

そこで行政は定期的に巡回し、そんな自転車を撤去回収することになっています。小田原市条例で放置自転車は撤去から最低六十日間保管した上で、防犯登録番号などから所有者を照会し引き取りを求める通知書を送付することとしているのですが、今回は担当者が百二十台を、すべての手続きを省いて廃棄処分や民間へ無償譲渡していたというのです。市は今後、持ち主への賠償を含めて対応を検討するとしていますが、まさか新品を買って返すつもりなのでしょうか。

そもそも、停めてはいけない場所に放置された自転車を市民の安全のために撤去したのを、なぜ手間をかけて持ち主を割り出し、ご丁寧に連絡までする必要があるのでしょう。放置してあった場所に「邪魔な自転車は撤去しました。返して欲しい人は○○まで」ではいけないのでしょうか。親切なのは結構ですが、人件費や郵便料金を使ってまでしなければならないこととは思えません。

　そして、そうまでして連絡しても引き取りに来る人は六割に満たないそうです。それもロードバイクや電動自転車など高価な自転車に限られ、ママチャリはほとんど引き取られないようです。それもそのはず、新品でも一万円前後であり、中古ですとさらに安価で売られています。保管場所が家の近所ならまだいいのですが、わざわざ電車にのって行くほどの距離なら帰りが困るし、手数料を支払ってまで引取りに行くのは面倒になるのもうなずけます。

　しかし、そうは言っても撤去するのに既に費用が掛かっていますので、どうせ通知書を郵送するならそれとともに手数料納付書も送ればいいのです。そうすれば最低限撤去に関する費用は回収できるし、自転車を放棄することで終わったことになっていた所有者にも負担が発生しますので、放置自転車が減るかもしれません。もっとも、どうせ無くなっても構わないと思われている自転車ですから、所有者が特定される〝防犯登録〟をする人がいなくなるかもしれませんが。


（2021/09/05）

身勝手すぎる働き方改革

宮城県塩竈市が、三百八十二日間にわたって無断欠勤を繰り返した市民総務部の二十代の女性主事を懲戒免職処分にしたというニュースがあったのは九月十七日でしたが、この女性はその九ヶ月前の二〇一九年十二月から昨年八月末までも病気による休暇や休職を取得し休んでいました。結局この職員は二十二ヶ月も働いていなかったのです。

最初の九ヶ月は規定通り診断書を提出しての休みですから労働者の権利として問題ありません。問題はそのあとの十三ヶ月です。市が再三にわたり受診を勧め診断書の提出を求めたのにもかかわらず、まったくの無視を決め込んだのです。市は無断欠勤の間に支払われた給与の返還を求めるとしていますが、こんな厚かましくて非常識な人間がすんなり返すとは思えません。

不思議なのは、連絡を取り続けていたとはいえ、なぜ規定違反の職員を一年以上も放置していたのでしょう。管理者が「給料ったって、どうせワシの金じゃないから面倒なことにはかかわらないでおこう」と考えていたとしたら由々しきことです。

現代は労働者の権利が確立され「働きやすい職場作り」が推奨されています。言い換えれば「労働者がいやな気分にならず、楽しく過ごせる職場」にしろ、と言っているのです。会社を経営している友人は、サボっている社員を叱責しようものなら「パワハラ」だと言われ、それが原因でうつ病になったから労災を認めろと騒ぎ立てると嘆きます。さらに現代の労働裁判で経営者が勝つことは極めて難しくなっているとも言います。

その背景には消費者金融の「過払い金請求」がひと段落して、次の食い扶持を「労働裁判」に求める弁護士が増えていることがあるようです。彼らは労働者保護の風潮を最大限利用し、経営者に圧力をかけてきます。そのうえ以前なら言いがかりとしか思えない訴訟も裁判所が認めてしまうのですからどうしようもありません。ですから今、友人は採用面接で「仕事ができる」かでなく「嚙みつかない」かを最重要視しているそうです。

今まで学生には「金を稼ぐのは大変なことや。社会に出たらいやなことや苦しいことがたくさんある」なんて言っていましたが、それもどうやらなくなりそうです。しかし、楽しく仕事をするのは結構ですが、みんながみんなそれで厳しい国際競争に勝てるのでしょうか。

(2021/10/02)

身を切らない改革

二〇二一年八月に第五十三代兵庫県知事に就任した斎藤知事が、選挙期間中に公約としていた自らの退職手当を五〇％、毎月の給料と期末手当を三〇％削減する条例案が全会一致で可決されたというニュースがありました。

自治体の首長の中には、あまりにも高額の報酬では市民の理解を得られないと自ら減額を申し出る人がいます。さらに選挙となればそれが集票につながることもあり、本当は「減らすのは嫌だな」と思っていても当選するためには仕方がないと断腸の思いで「報酬削減」を公約にする人もいます。斎藤知事がどういう思いで公約に掲げたのか、その本意はわかりませんが公約を守ったことだけは評価できます。

私は首長や議員に「無報酬でも市民のためにしっかり働け」なんて言うつもりはもちろんありません。しかし、一般労働者が聞いたら間違いなく羨む金額が本当に必要なのでしょうか。さらに給料のほかに政務活動費や通信費などのおまけまでついており、頻繁にその不適切な使途が問題になるのですから良識を持った市民が「いいかげんにしろ」と憤るのは当然です。なにより「金のため」ではない「世のため人のため」の志を持った人にこそ選挙に立候補して、当選してもらいたいものです。

そして今回の条例案の可決が〝全会一致〟だったのには笑ってしまいました。議員たちは自身が損をするわけでないので「はい、そうですか。お望み通り下げてあげます」

と、にやにや笑いながら賛成票を入れたのでしょう。国会議員はもちろん、地方議員もその数が多すぎて税金の無駄遣いになっていると多くの国民が議員定数の削減を求めています。しかし、それが実現することはほぼないでしょう。なぜならその決定権は議員たちにあるからです。彼らは自分の損になることは絶対に認めません。その証拠に今回同時に提案されていた議員報酬を三〇％削減などとする条例案は、共産党を除く全ての会派が反対し否決されています。

他人の腹が痛むのは〝全会一致〟で賛成。自分の腹が痛むのは〝全ての会派〟が反対。なんというわかりやすさでしょう。

（2021/10/08）

バカな条例

埼玉県でエスカレーターに乗る際に立ち止まることを義務づける条例が二〇二一年十月一日に全国で初めて施行されました。

エスカレーターは乗るだけで歩かずして階上や階下など他のフロアに移動できるものですが、せっかちな現代人は少しでも早く目的の階に到達しようとエスカレーター上を歩くのです。それを埼玉県では今後一切認めないというのです。その背景には駆け上がる人がぶつかってトラブルになったり、ひどい場合には怪我をしたりしたことがあるようです。そもそもメーカーによりますと、エスカレーターは立ち止まって乗ることを想定しており、耐久力もそれに合わせて作られているため、走ったり片側だけに乗られると故障の原因になるそうです。

国民十人のうち三人が高齢者となった今の日本では安全のために必要なことだとはわかりますが、今回の条例施行に「今さらそんなことを……」と思っている人も多いのではないでしょうか。なぜなら以前はわざわざ「お急ぎの方のために左(右)側をお空けください」とアナウンスしていたのですから。これは追い越しOKと言っているのと同じで、端に寄って片側を空けることこそ上級マナーとされていました。二人並んだり、大きな荷物を真横に置くことは礼儀知らずだと白い目で見られたのです。

片側を空けるといえば関西とそれ以外の地域では立つ位置が異なります。私は週に一度東上する生活を続けていますが、新大阪駅では右側に立ち、到着した東京駅では左側に立ってエスカレーターを利用しています。たまにうっかり逆側に立とうものなら、すぐさま「この田舎者めが」というようなするどい視線が向けられます。東京が右を空けるのは、江戸が武士の町で左脇に下げている刀がぶつからないように左側通行だったから、なんてもっともらしく言われていますが、どうなんでしょう。私の知る限り、エスカレーターが発明されたときには既に東京の町から武士は消えていたはずですが。

朝夕のラッシュ時、出発間際の列車に気付き思わず駆け上がる人も多いでしょう。「立ち止まって乗れ」はいいのですが、罰則のない条例に果たしてどこまで効果があるのかは疑問です。「エスカレーターは立ち止まって乗ってください」とのアナウンスだけでは期待薄でしょう。本当にそうしたいのなら、監視員二人が横に並び、一日中上がったり下がったりしていたら後ろに続く人は否が応でも立ち止まらざるを得ません。一見嫌がらせのような手段ですが、そうでもしなければ長年の習慣はそうそう変わりません。

それにしても、こんな馬鹿馬鹿しい条例を一所懸命に議論して決めた県会議員のセンセイたちはサラリーマンではないでしょうから、通勤ラッシュのエスカレーターなどには乗ったこともないのでしょう。

(2021/10/08)

バイオレンス後期高齢者

北海道札幌市で八十四歳の無職の男が暴行の疑いで逮捕されたというニュースがありました。

最近は元気な高齢者も増え、年齢だけで一概に〝弱者〟と決めつけるわけにはいきませんが、それでも八十四歳が相手を力で痛めつける〝暴行〟とは驚きです。この男はスキノのコンビニエンスストアの敷地内で、二十歳の女性の髪を引っ張ったところを一緒にいた友人の通報で駆け付けた警官に捕まったのですが、完全に孫の年代の女性はまさかおじいちゃんに襲われるなんて思ってもいなかったことでしょう。

女性によりますと、この男は午後七時十分ごろ道路の〝パイロン〟を持ち上げたり、投げたりしていたそうです。パイロンとは通行を規制するために道路に置かれる円錐形の樹脂製品で、風に吹き飛ばされないよう相当な重量があります。それを簡単に抱えて投げるのですからこのジジイはやはり只者ではありません。女性は「男と目が合ったら、いきなり髪を引っ張られた」と話しています。

大分県の高崎山自然動物園や淡路島モンキーセンターなど野生のサルを餌付けしている観光地を訪れたとき、最初に「絶対にサルと目を合わせないように」と注意されます。なぜならサルは目が合うことは敵意があるとみなし攻撃を仕掛けるからです。その意味ではこのジジイはまったくサル並みです。

理不尽な被害を受けた人を慰めるとき「狂犬に咬まれたと思って」と言いますが、狂サル、いや狂ジジイに襲われた女性が不憫でなりません。もし私が今回の被害女性と同じ場面に遭遇したらどうするか考えました。私は髪を引っ張られることはありませんが、殴りかかってこられてもせいぜいかわすことしか出来ないでしょう。もちろん、相手が若ければ即座に反撃しますが、なにしろ相手は八十四歳です。いくら正当防衛だとしても転んだときに骨折などされたら面倒だと考えるとそれも躊躇われます。

被害者にも加害者にもなりたくない真っ当に生きている我々には、残念ながらそんな相手に出会わないよう祈ることしか出来ません。いずれにしても狂犬、狂サルはもちろん、狂ジジイの放し飼いはやめてもらいたいものです。

（2021/12/03）

たなざらしの善意

年の瀬が近づくと各地で歳末助け合いの募金が行なわれます。この募金は明治三十九年、日露戦争で貧困に陥った家庭の慰問を起源とし、いろいろな団体がその想いを現代に繋いでいます。一昔前には街頭に社会鍋、あるいは慈善鍋と呼ばれる大きな鍋を設置し、その中にお金を入れてもらう光景が年末の風物詩となっていましたが、今ではそれも募金箱に変わっています。

募金箱といえば、そのほとんどが中の見える透明な箱です。これはお金が入っているのを見て「それなら自分も」という心理を呼びおこすのに有効だからです。そのため、何も入っていない新品の箱には主催者があらかじめ最初の募金を入れておくようです。募金は協力を依頼されたことに対しその趣旨に賛同して応じるものですが、能動的に動くものに寄付があります。寄付は一回でも十分に素晴らしいものですが、それを誰に言うこともなく継続している人には本当に頭が下がります。

京都府向日市役所に今年も高齢の男性が訪れ「体の不自由な方のために役立てて」と記した手紙とともに現金五万円を置いていったというニュースがありました。この男性はなんと一九八二年から毎年末、寄付金を持参し名前も告げずに去っていくそうです。四十年近く続けているとさすがに市職員も顔を覚え、役所内では「まちの天狗さん」と呼ばれており、今回も「いつものです」ですべてが通用するのはお見事としかいいようがありません。

ところが、こんなにいい話なのに最後に残念なことが書いてありました。市は今までの総額二百十八万円を今後も積み立てて社会福祉事業に活用するとしているのです。男性は自分の寄付が体の不自由な人の役に立っていると思っていたでしょうに、今まで全然使われず、ただ貯められていただけと知ってさぞがっかりしているのではないかと心配です。

市は男性の意思を尊重し、なぜすぐに有意義な使い道を考えなかったのでしょう。お役所仕事はのんびりしているといっても四十年間もとはあまりにも呑気過ぎます。それとも向日市は市の福祉はすべてこの男性の寄付で賄おうと目標額まで待つつもりだったのでしょうか。

（2021/12/17）

あとがきに代えて

本書の最終的なゲラのチェックを終えた直後、衝撃的なニュースが飛び込んできました。安倍晋三元総理が射殺されたという事件です。頭の中が真っ白になり、しばらくの間、茫然自失となりました。

安倍さんと出会って十年になります。彼は超一流の政治家でしたが、人間としても実に魅力ある人でした。私はそこに惹かれたのですが、二人の間には利害関係のない友情があったと思っています。その証拠に、私は安倍さんにはしばしば正直な苦言も呈してきました。慰安婦問題における日韓合意、消費税増税、コロナ対策の不手際などに対しては、ネットでも活字でも安倍さんを厳しく非難しましたし、特に「憲法改正」については「やるやる詐欺ではないか!」と相当に辛辣な言葉を投げつけたりもしました。

にもかかわらず安倍さんとの友情が壊れることはありませんでした。私が累計二千万部を売り上げた時、安倍さんからはお祝いの花と電報が届けられ、また安倍さんが総理大臣として憲政史上最長在任を記録した時は、それを祝って食事もしました。亡くなる一ヶ月前にも安倍さんから突然電話があり、選挙が終わったらまた食事に行きましょうという約束をしたばかりでした。

私の六十六年の人生で、友人が凶行に斃れたというのは初めてのことです。ショックと同時に犯人が憎くてたまりません。日本では毎年、殺人事件が千件近く起こっています。安倍さんの事件も統計的にはその一つにすぎません。しかし被害者の家族や友人にとってはデータの一つではありません。

本書のタイトルは「人間の業」です。今、友人の命がこうして奪われた現実を前にして、「業」という言葉の意味をあらためて深く考えてしまいます。新約聖書によれば、イエスを裏切って官憲に引き渡したユダについて、（そのことを予期していた）イエスはこう言っています。

「その人は生まれてこない方がよかった」

深い言葉です。神ではない私にはユダが生まれてこない方がよかったかどうかはわかりません。とはいえ、おぞましい殺人事件のニュースなどを目にすると、犯人に対してイエスと同じことを思ってしまう自分がいます。

今、このあとがきを書きながら考えるのは、世の殺人者たちはどんな業を背負って生きてきたのかということです。しかしこれは永久に答えの出ない問いでしょう。

百田尚樹　1956（昭和31）年大阪市生まれ。作家。著書に『永遠の0』『モンスター』『影法師』『海賊とよばれた男』『カエルの楽園』『夏の騎士』『野良犬の値段』『成功は時間が10割』など多数。

Ⓢ新潮新書

961

人間《にんげん》の業《ごう》

著者　百田尚樹《ひゃくたなおき》

2022年8月20日　発行

発行者　佐藤隆信

発行所　株式会社新潮社
〒162-8711　東京都新宿区矢来町71番地
編集部(03)3266-5430　読者係(03)3266-5111
https://www.shinchosha.co.jp
装幀　新潮社装幀室

印刷所　錦明印刷株式会社
製本所　錦明印刷株式会社

ISBN978-4-10-610961-4　C0230

価格はカバーに表示してあります。